夜不語

詭秘檔案111

Dark Fantasy File

味道

夜不語 著

Kanariya 繪

CONTENTS

自序

不知不覺，又進入冬天了，我的新書《怪奇博物館》第二本也寫完，準備寫第三本了。今年本人很勤快，呃，當然也不是特別勤快。

總之，天開始冷了。今年心臟老是不對勁兒，再加上成都一入冬，霧霾就很嚴重，不適合出門運動。於是就買了台跑步機，在家裡早晚走走。

走著走著，就把腿走得不對勁了。

所以老祖宗的話，過猶不及，確實是有道理的。

來說說這本再版吧。《夜不語詭秘檔案 111：味道》，最初寫於二〇〇五年初期，中間出過幾次重製版，內容也改過幾次。彈指一揮間，沒想到十四年就那麼過去了……

說起來我的小女兒餃子六歲多了，比這本書的歷史，還要小個八年。當年寫《味道》的同時，也構思著一篇番外篇，並敲定了女主角的輪廓。也就是之後《妖魔道》中的女主雪瑩。

那時候我就常常幻想，以後結婚了，一定要有個女兒。女兒的性格最好像《妖魔道》中的雪瑩，冰冷、傲嬌、高傲、強大。

但我萬萬沒想到，最後是有了女兒。可惜女兒的性格，呃，像一隻二哈。和雪瑩隔了千山萬水，八百頂帽子那麼遠。

這幾年成都的霧霾改善了許多，坐在三十幾樓的高處，天氣好時望出書房的落地窗，甚至能看到四姑娘山。那皚皚雪山，最高峰高達四千多公尺，很美很美，雄壯巍峨。綿延的雪景幾乎終年不化。可惜到了冬天，這一風景，始終會消失不見。

一同不在的，還有我的幾個朋友。每個人，每個年齡階段，似乎都在承受著不同的壓力。這種壓力無處不在，從出生開始，就沉甸甸地壓在弱小的心坎上。考試、升學、工作、無處不在的壓力，會讓人堅強，也會讓人崩潰。

今年我出了不少狀況，事業上有，身體上也有。但回頭想想，這都不算個事兒，過去了就過去了。可我一個朋友，並不這麼想。

他有好的家庭，好的工作，妻子剛生了胖小子。然後突然有一天，他打了個電話給我，問我累不累。

我沒開腔，我不知道說什麼好，我本能地覺得有點古怪，幾分鐘後我打了個電話給他太太。就這麼幾分鐘的工夫，他已經從十八樓跳了下去。

事後我才知道，他壓力很大，大到無法承受時徹底爆發出來。結果，便是結束自己的生命。

另一個朋友，前段時間還一起吃吃喝喝，去附近的水庫釣魚。才一個夏天沒見，已經在醫院裡了。癌症三期，化療後最好的結果，也不過是多活幾年罷了。可最終，他也沒能熬過去。

人生無常，我寫了那麼多恐怖小說，其實真正最恐怖的，是生活，是人生。

所以我想說的是，人生沒有過不去的坎，無論如何只要不放棄，就會等到撥開雲霧的那一天。真的到了那一天時，回頭看看，也不過如此而已。

謹以此序此書，紀念我的兩位好友。

夜不語

楔子之一

親愛的：

說話不算話。說好給我電話的，結果妳還是沒打，讓我來猜猜妳回家後幹了什麼吧。

首先是看電視，看完電視以後洗了個澡，然後突然感覺很睏，就睡覺了。結果，妳還是沒有準備考試，也沒有拿出日記本寫日記。

哈哈，等妳看到這封信的時候，大概已經是四月二十二日晚上了吧。如果妳打開電腦看信的話，記得把妳一天想要做的事情都順便做了。比如找個題目寫申論……等等，諸如此類的事情。如果妳懶得找的話，明晚我會幫妳找。

說真的，今晚月光很柔和，但是卻不夠冷。如果妳有望遠鏡，而且又碰巧睡不著的話，應該可以看到月亮旁有兩顆明亮的星星，那是獵戶座的參宿四和大犬座的天狼星。對了，西邊天際還有我的幸運星北落師門。

現在已經是四月二十一日了，對了。今天的生日花是Paper white Narcissus。花語意味著Inflexible。不要問我為什麼會記得今天，理由？以後我再慢慢告訴妳。

好了，我再趕一下功課，也要乖乖去睡覺了。

妳也要乖乖地準備考試喔，如果掛掉的話，暑假我們都會不好過的。

愛妳的唯

「我也愛你，親愛的。」

鄧涵依帶著幸福的微笑將電腦關上，蹦蹦跳跳地走到窗邊，拉上窗簾的同時還不忘往外望了一眼。

寂寥的夜色，二十四樓的電梯大樓上空看不到一絲月光，當然也更看不到什麼參宿四和天狼星了。她不由得噘起嘴，小聲道：「哪裡有星星月亮，猴子都看不到一隻。哼，唯唯，看明天我怎麼收拾你。」

嘴裡這麼說，但臉上洋溢的幸福色彩卻沒有黯淡絲毫，喝了杯牛奶，重重地躺在軟綿綿的床上，鄧涵依輕輕拍了三下手，聲控燈立刻熄滅。

四周頓時陷入了一種微妙的黑色之中。

對面的機械鐘有規律的發出「喀噠喀噠」的噪音，對於早已經習慣這種聲音的自己而言，倒是起了一種強而有力的催眠作用。

喀噠。

喀噠喀噠。

午夜十二點多了。

喀噠。

喀噠。

喀噠。

還是沒有絲毫的睡意。

鄧涵依突然瞪開眼睛，從床上坐了起來，她聳了聳小巧可愛的鼻子四處聞著。接著，像是在判斷什麼似的，拍亮了臥室的燈。

似乎有一種什麼味道，一股讓自己很討厭很煩躁的味道。

她下了床，在臥室裡到處走動，希望能找到那股味道的來源。但是這個徒勞的工作，在持續進行了十分鐘又五十秒後便宣告放棄。她猶豫了三十秒，然後出了房間，輕輕敲響父母的房門。

「幹嘛？」過了許久，裡邊才傳出疲倦沙啞的女人聲音。

「老媽，妳有沒有聞到什麼味道？」鄧涵依小心地問。

「怎麼了？難道著火了？」女人明顯緊張起來。

「不是，沒有燒焦的氣味，是一種很奇怪的味道，就像，就像……」她努力想要找出一個或者多個物體來形容，可是想了半天也沒找到。

「好了好了，既然不是著火，管他天大的事情都和我們家沒關。」房內的女人不耐煩起來，「小依，妳給我早點去睡覺。明天不是還要月考嗎？如果妳再不給我過，當心老娘我扣妳的零用錢。」

「煩死人了，這種事情人家自己知道！」鄧涵依從鼻子裡悶出一種類似撒嬌的聲音，急忙溜掉了。

結果那種古怪氣味的位置還是沒找到，算了，管他那麼多，還是睡覺吧！明天的考試如果真要掛了，今年恐怕都不會好過。

她無奈地用被子將臉蒙起來，試圖遮蔽味道。

可是那該死的味道卻越來越濃，縈繞盤旋在鼻腔裡，像是怪異的液體一般，通過嗅覺神經刺激著大腦，噁心得讓自己想吐。

不知就這樣過了多久，她猛地又坐了起來。全身發冷，身體甚至因為恐懼而微微顫抖。

那種無法形容的噁心味道，似乎，是從自己的身體中散發出來的。

為什麼，為什麼自己會有這種味道？好噁心，噁心到想將自己全身的皮膚都抓下來。

鄧涵依衝進浴室，放好水，將所有的香薰、溫泉精一股腦地倒進浴盆裡。味道，依然沒有消散……

「不夠，還不夠。」

她瘋了似的，用香皂、沐浴乳洗了一次又一次的澡，到最後，只要是帶有香味的東西，她便毫不考慮地塗抹在身上。

「沒用，怎麼一點作用都沒有！那麼臭，我怎麼可能那麼臭！」她癱倒在地板上，雙手用力地扯著長髮。

「那種味道，果然是從皮膚裡散發出來的。」她呆呆地望著自己白皙的細嫩手臂，許久後，居然傻笑起來，「好髒，好噁心，我要洗乾淨！」

她到洗衣間拿出一把洗鞋用的硬塑膠刷子，將母親的香水整瓶倒了上去，拚命地在身上刷著。纖細柔嫩的皮膚從細白變得血紅，皮膚被刷子一片一片的刮破，鮮紅的血流了下來，流了一地，就著未乾的水緩緩流入下水道中。

她像是不知道疼痛似的，不停刷著，不斷刷著。皮膚終於經受不住這種非人的折磨，整片被刷子拉了下來。

她的頭腦因為失血過多，開始暈眩，甚至無力地坐到了地上。可就算如此，她的手卻絲毫沒有停止的跡象，繼續用刷子刷著身體，清潔著那不斷散發的噁心氣味。

那種氣味，似乎自己也曾聞到過。多久以前？多少年以前？似乎放進棺材裡二十多天的姥姥，因為某些緣故需要移棺，打開棺材後散發出的，正是現在充斥在自己鼻中的味道。

屍臭……

楔子之二

不論什麼故事，應該都有一個開始，也就是所謂的端倪。不過這個故事的開始，倒是頗有些值得玩味的地方。因為，引起我注意的是一條項鍊，一條五克拉左右的藍色鑽石項鍊。

張可唯這個富家公子是一班的，而我在五班，之所以會注意到他，其實原因很簡單，畢竟最近一段時間，老是有人一下課就圍在一班的窗台上，將這個班的窗外圍得水泄不通，造成了我上洗手間的諸多不便！

這種障礙久而久之後，就算再麻木的人也會一探究竟，何況是我夜不語呢！再加上那天也實在很無聊，連續打了幾個哈欠後，我便將頭擠進了那圈俗氣的男女生中。

好不容易才擠到窗戶邊，居然發現前邊的人，已經被後邊的人肉長城壓得整張臉都貼到了玻璃上。

有趣的是，一班的人似乎已經對這種情況免疫了，他們見怪不怪的眼神像是不時瞟著班內的某個位置。我立刻納悶起來。

所有人的視線，都是指向一個人，一個長得普通，但是把校服改得花花綠綠如鸚

鵡般的雄性生物，一個略有些令人討厭、為人張揚、不含蓄，但在校內很出名，經常製造話題的富家公子——張可唯。

說到他的傳言，似乎真的有許多個版本。

有人說他的老爸是石油大亨，他每天都要換一雙全新的不同款式的New&Lingwood皮鞋。這一點雖然有爭議的地方，不過我倒是在偶然間，見到他穿過一雙同品牌的Russian Calf Shoes。

英國名牌New&Lingwood創立於一八六五年，專為當地名校伊頓公學的學生製造皮鞋。

據說這款皮鞋由俄羅斯馴鹿皮製作，皮革以人手處理，先將其放入黑麥、燕麥粉和發酵粉中混合，然後加入酒浸泡，之後趁還沒乾時，用手加咖哩粉揉搓，最後再放入海豹油和樺樹油中浸泡。而我老爸正好也買過一雙給我，當時售價一千五百五十美元。

這次的話題，可能也在這個奢侈小丑的某個穿戴或者飾品上。不過看人群裡雌性生物偏多的情況，以及就連雌性老師都忍不住朝他脖子位置看的狀況來說，是飾品的可能性要大上許多。

就在我下了這個判斷的同時，我見到了他脖子上那條藍色的五克拉鑽石項鍊，略微愣了一愣，然後笑了起來。

那條鑽石項鍊老實說，做工並不算很好，鏤金的鍊子明顯屬於機器化的量產品。特別之處在於那顆五克拉的藍色鑽石，很美的鑽石，周身似乎有流光纏繞，確實足夠吸引愛美的雌性生物的視線。不過這種鑽石，是人工的，而品牌我也恰好認得。

總之最近的人生也實在夠無聊的，每天三點一線的生活，也讓不太習慣平淡的自己產生了些許受不了的負面情緒。

無聊是很讓人煩惱的，還不如臨時找些事情來做，比如，幫那位暴發戶的兒子上一堂珠寶鑑賞課。

我這麼盤算著，帶著微笑離開。一回到教室，就開始盤算，該怎麼將這堂鑑賞課上得讓他記憶深刻、沒齒難忘。唉，現在想起來，所有的一切，似乎就是從那時候開始的。

因為還沒有等我為他上那堂課，張可唯就在第二天死了。

死在自己的臥室裡！據說死掉的樣子十分可怖，不過具體是怎麼個可怖法，誰又知道呢？

但是那條藍色的鑽石項鍊卻沒有作為陪葬品。張可唯的老爸將這條項鍊送給一班的班花，據說是他兒子臨死前的遺言。

那班花在半推半就下接受了，畢竟那麼大顆的鑽石，只要是女人似乎都沒有辦法拒絕。雖然明知道接受死人的東西有點讓人毛骨悚然，不過，鑽石……

真的好美！

然後只過了一個禮拜，班花也死了。

一時間那條項鍊被傳為死亡詛咒的源頭，本以為沒有人敢再接受，不過似乎所有人都妄自強化了女人對鑽石的抵抗力，不管那女人的年齡有多大，是老師還是學生，她們的年齡是十六歲、十八歲，還是三十六歲。

只要是女人，當那條帶著五克拉鑽石的項鍊，透過死者的遺言送到自己手中時，即使猶豫再三，最後卻依然將它死死地攥進了手心裡。

直到死亡。

那條項鍊依然牢固地掛在脖子上，唯一留下的是慘不忍睹的屍體，以及最後的遺言——將鑽石送給下一位受害者。

一個多月內，學校裡老師加學生共死了八個。終於那條項鍊失去了蹤跡，消失得無影無蹤。在以後那段不短的時光裡，甚至就連我也漸漸將這件往事忘掉了。

只是該來的，依然躲不掉。事情並不會就此畫上句點。

第一章 古怪班花

「喂，你知道嗎？每次你舔郵票的背膠，就吸收了十分之一的卡路里。」

「喂喂，你知不知道，右撇子平均比左撇子多活九年？」

「喂喂喂，你清楚嗎？巧克力含有一種稱為苯基的化學物質，跟你談戀愛時大腦裡可以製造出來的東西一樣。」

如果全世界所有的歷史老師都和眼前的禿頂老頭一樣，那麼恐怕全世界所有的歷史課，都會充斥著無聊和沉默。當然，這句話專指某一類型的人而言，很不巧，我剛好就是其中一個，而我身後的女孩碰巧也是其中的另一個。

無聊的時候究竟可以做些什麼呢？一般人或許會將課本疊得很高，然後躲在後面看漫畫和小說。而有的人會呆呆地發愣，有的人流著口水夢周公，諸如此類很俗氣的行為。

可惜，我不湊巧的不算一般人，而我身後的那個女孩更不算！所以她先選擇了比較與眾不同的方式消遣無聊，例如用鉛筆戳我的背，等我轉過頭時，立刻裝白痴，張開嘴巴，將非常有韌性的口水從嘴裡吊出來，一直吊到三十多公分居然都還能保持不斷。

接著她保持這樣的姿勢，說出了以上那三段我至今都認為堪稱經典的話。

當時的我頓時看傻了，不由自主為這一奇景拍手。

隨後我被那禿頂小老頭趕出了教室，雙手提著水桶在門邊站。

我氣惱地往窗內望，那女孩甜甜地衝我笑起來，吐著小巧的粉紅舌頭。我頓時更為惱怒了，恨不得衝進去，拉住那傢伙的舌頭狠狠往外扯。

照例做個自我介紹。本人是夜不語，一個好奇心旺盛的男孩，十八歲，未婚，今年剛好高三。而那個趁著沒人注意，表演吐麵條口水的女孩叫曾雅茹，高二分班後就一直霸佔班花位置的十八歲少女，同樣未婚。

值得一提的是，這個怪怪美少女似乎有一些不為別人所知的嗜好，就是喜歡用她可以離開口腔，吊到足足長達三十公分的麵條唾液嚇我。

如果這個嗜好保有男女平等、老少皆宜、童叟無欺的公平態度的話，我也就認了，可惜事實並不如人意，她似乎只單純的喜歡嚇我，以此作為打發無聊的遊戲。

她這絕技根本就只有本人一個人看到過。在其他人面前，這古怪的美少女永遠都是一副大小姐的高貴樣子，美麗，有氣質，成績好，又會鋼琴、長笛等等數種樂器，好像所有的優點都完美無缺地集中在一個人身上。

所有人都被她漂亮的臭皮囊迷惑、欺騙了，甚至學校裡還有一群為數不少的臭雄性生物，自發地為她組建了數個私人親衛隊和後援會。只有我一個人知道她邪惡的本質，這個可惡的口水妖！

說老實話，那種別人做起來會令人覺得噁心的古怪搞笑動作，在她身上雖然也不優雅，但至少也是一道少有的風景，不過，我還是有點看不過去。

仔細想想，她對我的這種消遣行為，究竟是從什麼時候開始的呢？

高二時大家彼此都不熟悉。雖然同在一個班，位置也沒有離多遠，但不管她有多燦爛耀眼，自己對她的印象，都僅僅只停留在記得名字的危險遺忘邊緣。

直到兩個禮拜前，偶然看到她無聊地在課堂上吐口水玩耍，被她發覺後，她就時不時在我的視線飄到她的位置時，用口水吹泡泡給我看。

然後到了這個禮拜，這古怪的班花意猶未盡，乾脆將位置換到我身後，只要一無聊，就用鉛筆戳我的背部。

如果我不回頭，她就一直戳，還用手在我的背上到處按，就像在菜市場選豬肉一般。最近，她更發展出了吊口水的絕技，直到現在，我都沒有想通，她的口水究竟含有哪些與眾不同的成分，居然能吊到三十幾公分長，都可以拿去申報金氏世界紀錄了！

唉，頭痛。

強悍的我好不容易忍耐到下課，那禿頂小老頭走了出來，將我上下打量了一番，然後突然笑了，「夜不語，舒服吧。上我的歷史課真的有那麼無聊嗎？」

「哪會！」我的反應堪稱一絕，卑微地說道：「張老師上知天文下知地理，古今中外，文筆極佳，才思敏捷，過目不忘。學生對您的景仰之情有如滔滔長江之水，連綿不絕，又如黃河氾濫，一發不可收拾……嘿嘿驚天地！泣鬼神！感人肺腑！感人落淚……」

那不要臉的禿頂小老頭居然不動聲色地受用了，滿臉人畜無害的微笑，「你當我弱智啊，不要拿網上那些回白痴斑竹的白痴回文應付我。」

敢情這食古不化的老古董還會上網？老天啊！這是什麼世道！

笑了一陣，那老頭才道：「對了，剛才忘了說，下節課我和你們班主任調課，依然是歷史課，你就好好給我在這裡站著！」

我倒！上帝，我夜不語哪裡招惹到大慈大悲的您老人家了，您要這麼折騰我！無奈地看著雙手上那兩個漸漸重逾萬斤的空水桶，我忍不住就著窗戶玻璃顧影自憐。

不看還好，一看差點嚇得坐倒。罪魁禍首曾雅茹正隔著玻璃看我，她悠閒地用手撐住頭靠在窗台上，嘴角露出美少女特有的微笑。

我氣不打一處來，哼道：「不要做出一副無辜的表情出來，全都是妳害的，妳怎麼賠我！」

她眨巴著大眼睛，長長的睫毛幾乎都要貼到玻璃上，猶自道：「喂喂，聽說外北門附近新開了一家火鍋粉[1]店，人家想去。」

---

[1] 火鍋粉，四川特產。

「關我屁事。」我恨恨道。

「你請客！」

「妳神經啊，憑什麼我要請妳！」我聲音大了起來，「最近的事情，我都還沒和妳算總帳呢！」

曾雅茹頓時笑得更甜美了，她一蹦一跳地走出教室，手裡還提著不知道從哪裡冒出來的水桶和水瓢。

她無辜地舀了一大瓢的水，倒進我苦苦提著的水桶裡，然後皺了皺眉頭，似乎不滿意的直接將水桶抱起來，打算將滿滿一桶水全部倒進去。

頓時豆大的汗珠從額頭上冒了出來，我全身發冷的大聲喊道：「遵命，大小姐，天涯海角我都跟著您去！」

仔細想想，她的這一連串行為都構得上勒索罪了吧。

「這還差不多！」曾雅茹點點頭，掏出手帕溫柔地將我臉上的汗水擦拭掉，嘴裡卻說著不太溫柔的話，「下午放學的時候記得在校門口等人家哦，如果你敢放人家鴿子的話，人家就撕破自己的裙子，明天到教務處告你非禮我。」

我汗！看她安然的神色、恬淡的笑容以及平緩的語調，怎麼看都不是說得出這種話的人物，不過，我卻十分清楚，她絕對不是在開玩笑。

突然覺得，自己和她根本就是同一類人，認定或者想要做一件事情，通常都不會去顧慮別人的感受，如果對方不答應的話，就乾脆用些小手段。

唉，以前的十八年這套我都用得順風順水，沒想到現在居然遇到了剋星，人生果然充斥著無數的不可思議啊！

上課鈴聲響起，剋星慢悠悠地用手拍了拍我，走進了教室。

然後那該死的禿頂老頭也慢悠悠地走了過來，他來到我跟前的時候特意停了一會兒，發現我的右邊剛巧有水、水桶和水瓢等等道具。遲疑了一下，這位博學多才、見多識廣、才高八斗、學富五車、文武雙全、雄韜偉略的歷史老師笑得極為燦爛。

他一邊不符年齡的露出燦爛的笑，一邊搖頭晃腦地抓起水瓢，朝我的水桶裡加水……

混蛋！我夜不語今天究竟是招誰惹誰了？好想哭……

□

「對不起，人家遲到了！」

悲慘的一天，在無奈的等待中，終於放學了。生平第一次懷念上課的時光，如果那一刻能永遠停留，如果下午永遠不會到，或者今天的時空猛然發生了錯亂，時間從中午突然被截斷，接著就變成第二天早晨該會有多好啊。

不過妄想終究是妄想，時間是不會聽從人願有片刻的停滯。我在校門口等待那個古怪美女曾雅茹半個小時後，她才從容地姍姍來遲，毫無愧疚衝我微笑，說了以上的話。

我沉默不語，配合著她的步調往前走。

她輕輕拉了拉我的衣袖，溫柔地道：「你怎麼不問人家為什麼會遲到？」

「沒興趣。」我低聲答得簡潔明瞭。

「好無趣哦，你問問嘛。問問，求求你了！」她笑容可掬。

我被她煩得受不了，終於勉強地問：「那妳為什麼會遲到？」

她立刻捂住臉，害羞地回答：「好討厭哦，這可是女孩家的秘、密！」

頓時，我有股想要打人的衝動。

不過這有著惡劣嗜好的美少女根本來不及注意我的臉色，眨眼間，就拉著我衝進了附近的飾品店。

「阿語，你看這對耳環適不適合人家？」她挑了一對心形的銀色耳環，興高采烈地比在自己的耳朵旁說道，在不知情的人看來，像極了熱戀中的小女生。

「不要叫得那麼親熱，噁心死了。」我在她的撒嬌聲中起了一身雞皮疙瘩。

「不要管那麼多哪，我們不是關係良好的同班同學嗎？」

「究竟是誰，哪個和妳關係良好了！」雞皮疙瘩過後便是背脊發涼，能把我搞成這樣，這女孩也足夠含笑九泉，轉世投胎後拿去給子孫後輩炫耀了！

「你的意思是，我們的關係只是人家單方面的維持良好嗎？」惡劣女孩的笑容依舊，可是聲音卻有點變形，雙手挽住了我的手臂道：「那麼，明天我撕破裙子去教務處……」

我立刻「哇」的一聲叫了出來，把周圍的人給嚇了一大跳。

毫不顧慮四周怪異的視線，我繼續旁若無人的誇張道：「好美的耳環，好美的女孩，兩個美麗的事物混合在一起，根本就是老天爺鬼斧神工的曠世傑作，親愛的，這對耳環實在太配妳了！」

丟臉丟到姥姥家了，本以為臉皮再厚的人也會忍不住逃掉，何況只是個十八歲大的女孩子，可自己明顯猜測錯誤了，這個世界上果然有許多例外，而眼前的這位曾雅茹同學就是個很好的例外。

她臉不紅心不跳，面不改色地點點頭，一副十分受用的樣子，對著鏡子照了許久。

最後她才對店員內說道：「請幫我包起來。」

然後她的視線再次凝固在我身上。

「幹嘛？」我被她看得有點不自在了，遲疑地問。

「這位先生。」她又挽住了我的手臂，「你似乎忘了掏錢了。」

「為什麼我要掏錢？」我狐疑。

「因為人家買了耳環啊！」她說得理所當然。

我更納悶了，「為什麼妳買了耳環我就要掏錢？」

「道理很微妙。」她用手指在我的手臂上畫圓圈，「你剛剛不是叫人家親愛的嗎？你的親愛的買了一對漂亮而且被你大力讚賞過的耳環，難道你不應該為你的親愛的付款嗎？」

「這個道理，真的有點微妙了。」我哭笑不得起來。

「那，我明天撕破裙子去教務處……」

「能刷卡嗎？」鬱悶，我為什麼要受她這種無聊而且單純的威脅？

佔了我便宜的班花一路上不顧他人眼光，興高采烈的不知道在開心些什麼，帶著一臉的滿足用力挽住我的手，閒逛到了外北門。好不容易才走進店裡要了兩碗火鍋粉。

然後，我愁眉不展地望著眼前碗中的事物，有點冒冷汗的窘迫味道。

一直以來，我都不怎麼能吃辣的東西，而火鍋粉這種東西又特別辣，再加上一般女孩子都很能吃辣，何況是曾雅茹這種怪胎型美少女，她就連吃辣椒都特別強悍，要了兩碗超辣的。

看著碗裡漂著的紅通通辣椒，我承認，我怕了！

「阿夜幹嘛不吃？」她用優雅的淑女姿勢飛快掃蕩著自己的那碗火鍋粉，好不容易才抽空抬頭看了我一眼。

「我不餓。」我的語氣裡有一種委屈的成分。

「不可以挑食哦！」她一邊說，一邊不客氣地將我的那碗也拉過去，「挑食的孩子長大了會變壞！」

我撇了撇嘴，暗自嘀咕著：「放心吧，被妳這樣騷擾，在我沒變壞之前，恐怕就已經受不了自殺了！」

「你在說什麼？」她又抬起頭望我。

我背上寒氣直冒，條件反射地道：「沒什麼，只是在回憶妳那條超長唾液麵條的成分和構造！」

她「噗哧」一聲笑了起來，臉不知道是不是辣的原因，變得很紅，「阿夜，你真的超有趣的。一般人看到我這個樣子，恐怕早就說出去了，你不但沒大嘴巴，還心甘情願陪我這個可憐的小女生，跑這麼遠來吃粉。」

我哪有什麼心甘情願？根本就是妳在逼良為娼，不過這番話，當然是不能說出口的。

「阿夜，你知道嗎？據說女孩子的唾液是甜的。」她的聲音突然小了起來，害羞的低低說道：「你……想不想嚐一嚐？」說完就輕輕閉上了眼睛，櫻桃色的小嘴微微張開，露出粉紅小巧的可愛舌頭。

我一愣，然後斬釘截鐵地搖頭，「不要。」

「切。」曾雅茹明顯有點失望，哼了一聲咕噥著：「這招居然沒用。」

這個女孩到底想要幹嘛？

我有點摸不著頭腦，用力甩了甩頭。算了，不想了，總之女孩子這種生物原本就不是我能夠理解的。

正鬱悶著，似乎覺得兩個人相對沉默非常無聊的曾雅茹又開口了：「阿夜，聽說你遇到過許多靈異事件，那是真的嗎？」

「誰說的？」

「沈科，還有徐露。據說他們跟著你，也遇到過一兩件非常不可思議的怪異事情[2]。」

哼，果然是那兩個不可靠的大嘴巴。

「別傻了，我只是個普通的高中生，善良的一般市民罷了。」我笑得有些勉強。

「那你說，這個世界上真的有鬼嗎？」她將頭枕在手臂上，大眼睛一眨不眨地看著我。

我搖頭，「當然沒有了，鬼鬼神神的東西都是騙人的。所謂的怪異事件或者靈異事件，不過都是現今的科學暫時無法解釋罷了，不代表不能解釋。或許在不久的以後，這些我們現在無法置信的東西，會變成一種普遍現象也說不定。」

曾雅茹迷惑的用手指按住嘴唇，「阿夜，你的話好官方哦。」

「妳管我，總之世界上根本就沒有鬼。」我不耐煩地道。

「嗯，沒有鬼。那你的意思是，也就不會有什麼芭蕉精嘍？」

我頓時大笑起來，「妳是三歲的小孩子嗎？居然還相信芭蕉精什麼的。」

「人家是女孩子，當然會對神秘的東西感興趣了。阿夜你要知道，現代人大多數都不會管科學什麼的，只有提到科學無法解釋，才能稍微引起人的注意，這是一樣的道理嘛！」

汗，哪裡一樣了？我懶得再和她爭執，擺手道：「算了，就當妳對。」

「你在敷衍人家！」曾雅茹氣鼓鼓地嘟著嘴巴，可愛的模樣根本令人想像不到，她和早晨那個將非常有韌性的唾液吊了三十幾公分長給我看的女孩，是同一個人。

「那我怎麼樣才算不是敷衍妳？」我的語氣實在很無奈。畢竟透過一個多禮拜的親密接觸，自己算是稍微瞭解這個可愛美女的本性了。

「這個其實很簡單。」她偏著頭眨巴著大眼睛，「例如明晚陪人家一起去做一個試驗。」

「試驗？什麼試驗？」我直覺感到有點不妙。

「是個很單純的試驗。」曾雅茹無辜地用免洗筷在桌子上寫字，「那個，三班有個叫做楊心欣的女孩子你認識吧？」

---

2 沈科和徐露的故事，請參見《夜不語詭秘檔案103：陰靈蘋果》、《夜不語詭秘檔案106：風水（上）》、《夜不語詭秘檔案107：風水（下）》

「聽說過，三班的班花。」

「那個女孩子很鐵齒，非說世界上根本沒有芭蕉精什麼的。」

「那和妳有什麼關係？」

「這件事說起來就有點複雜了。」她臉色開始泛紅。

我看著她，「沒關係，寡人有的是時間。」

她急了，「這個關係說起來很微妙的！」

「洗耳恭聽。」

「嗯，那個，事情就是我和她打了個賭。約了明晚去試驗看看，會不會勾出個芭蕉精什麼的出來。」她不好意思地露出了甜甜的笑。

頓時，我的頭又大了。

老天爺，這件事情實在不算微妙，更不複雜，根本就是兩個漂亮的女人看對方不順眼很久之後，早晚會一觸即發的戰爭嘛……

第二章 芭蕉精（上）

什麼是芭蕉精？相傳，芭蕉樹接受日月精華後，便能成精，幻化人形。另有說法是芭蕉樹身沾到了人類的血液，就算只是一滴血，也能使芭蕉樹成精。

夜闌人靜，明月當空，往往就是芭蕉精出沒的時候，它們專以單身男女為目標，若對方已有心上人，芭蕉精便幻化成他們的心上人；若對方沒有意中人，它們便幻化成俊男美女。

傳說，如果芭蕉精幻化成美女，它們多是身穿飄逸透明的衣紗，或是白衣裙；若是幻化為俊男，則衣著整齊。它們的目的，當然是要跟單身男女上床，而被它們纏上的人，不但會變得面色蒼白，食慾不振，人也會漸漸消瘦，慢慢步向死亡。

我所在的小城市位於西南部，芭蕉樹原本就很少，但很不湊巧的是，學校老校舍後邊竟然還保留著大約五十幾平方公尺的芭蕉林。

據說那裡曾有芭蕉精出沒，再加上好死不死，幾年前有幾個升學未成的學長學姐一時想不開，爽快地吊死在那裡邊，於是那片芭蕉林的怪異謠傳就更多了。

學生時代，似乎每個人都會對這些神妙詭異的事情感興趣，多多少少玩過一些召鬼的遊戲。

而我，幾乎什麼遊戲都玩過，就某方面而言，恐怕算是個資深的神棍了，只是經歷了那麼多怪異的事情，心底總會對這些東西有些抵觸，雖然同樣是不相信，不過那種所謂的不相信已經不再是以前那種絕對。

所謂敬鬼神而遠之，古人這句話還是有它的道理。可惜天不從人願，原本死都不願去的我，最後還是受不了曾雅茹的死纏爛打，在第二天夜裡來到了舊校舍。

說起舊校舍，據說還有一段相當精采的歷史。

這所重點高中已經有七十多年的歷史了，從小私塾開始辦起，經歷了風風雨雨後，終於在五十多年前變成小學。經歷了漫長的歲月，最後順利轉型為高中、國中、小學三合一的大學校。

而舊校舍剛好是這段歷史的見證，它修建於一九五九年，經歷了幾十年的風雨摧殘，早已算得上危險建築的校舍，也不過才退休十多年而已。

而導致它廢棄的直接原因，說來還真有點恐怖，據說是十三年前，有個高三的學長因為升學的壓力，夜晚到教室夜讀，然後從此再也沒有人見到過他。

此後常常有人在深沉的夜晚，看到有個穿著老舊高中校服的男生在爬樓梯，從一樓爬到三樓，然後突然消失。

那段時間學校的招生率瘋狂下降，降得比前段時間的那斯達克指數還厲害，校長迫於無奈，一聲令下，修建了現在的新校舍。不過對現今的我們而言，那個所謂的新校舍，也是差不多有十幾年老建築了，屬於半淘汰危樓。

在這樣的歷史背景下，可想而知夜晚的舊校舍有多可怕。可惜這個世界上不怕死的人一向都比較多，特別是那些看到十公尺遠外爬過的蟑螂，都會叫得比世界第一女高音高亢的漂亮女生。

就此，我曾經還有種衝動想要寫出一條公式，用以證明，看到蟑螂叫聲越大越尖銳的女生，她們在同類的刺激挑撥下，不服輸心態能唆使她們發揮出越強大的勇氣，和不怕死的精神。（P.S. 所謂同類，指的是和她一樣漂亮而且同樣受歡迎的女孩，以及和她同樣漂亮，但是不怎麼受歡迎的女孩。）

今夜的星光實在不算璀璨，月光也不算明亮。黯淡昏黃的顏色灑在地上，有些說不出的清冷。晚自習過後已經快要十點了。我在曾雅茹的壓迫下，從沒有關嚴的後門再次進入學校，躲開警衛，悄悄溜到舊校舍附近。

學校為了防止學生亂走進無人地帶遇到危險，位於操場北邊的舊校舍早已被一道比較高的牆隔開了，只有一扇小門可以進去。不過那扇門應該也至少有十多年沒有開過，門上的鎖早就鏽死，就算有鑰匙恐怕也沒辦法打開。

黑沉沉的夜色裡，遠遠地就能看到門前站了四個人，看身影應該是三男一女。不用猜都想得到是三班的班花楊心欣，以及她的眾跟班。

美女身旁果然不乏追求者，只是聰明的女人通常不會在一棵樹上吊死，據說越聰明越漂亮的女人手段越多越毒辣，通常都若即若離在自己眾多的追求者之間，從來不會和某一個人靠得太近，也不會和某一個人太疏遠。

總之保持最微妙最曖昧的距離，將最大化的資源緊緊拽在手心裡。

而楊心欣給我的感覺正是這樣的一種人，禁不住又看了自己身旁的曾雅茹一眼，只有她我到現在也猜不清楚是屬於哪種性格。

這女孩一直以來都是一副好學生的樣子，不會和追求自己的男生走得太近，更不會對討厭的人假以顏色，怎麼看都不像個標準的聰明人。不過以她這段時間把我搞到暈頭轉向的情況來看，估計她才是真正聰明的女人，甚至聰明到我想像不到的地步。

「你知道嗎？下午摘下的玫瑰比清晨摘下的玫瑰更能持久不枯萎。一隻被摘掉頭的蟑螂可以存活九天，九天後死亡的原因則是過度饑餓，所以還是當場立刻打死好，阿彌陀佛。」曾雅茹一邊望向楊心欣，嘴裡一邊對我說莫名其妙的話。

我撓了撓頭，「妳以上那番話，和楊心欣小姐有任何關聯嗎？」

「她像玫瑰還是像蟑螂？」

「都不像。」我搖頭。

曾雅茹突然笑了，一副開心不已的樣子，「那就完全沒有關係。人家只是單純的，想試試這麼說是不是會感覺很酷罷了！」

真是敗給她了！我悶悶地和她走過去，楊心欣那夥人也看到了我們，迎上來。那位三班的班花驚訝地望著我，臉上飛快閃過一絲莫名的情緒波動，我看在眼裡，卻有些莫名其妙。像我這種平凡的高中生，班花級別的女孩應該不會注意才對。

「夜不語同學。」她的聲音不同於曾雅茹的穩定和含蓄，而是帶著一種活力昂然的勃勃生機，讓人一聽就會產生好感，果然不愧是班花級的人物，「真的是夜不語同學！太好了，居然可以看到活生生的夜不語同學本人！」

她的高興讓我摸不著頭緒，正想習慣性地摸摸鼻頭，手已經被她熱情地抓住了。只聽她熱情的語調不斷在耳邊響起，「夜不語同學，沒想到雅茹真的能請動你！」

「雅茹」？這麼親暱的稱呼，她倆的關係應該壞不到哪去才對吧！我皺眉，乾笑了兩聲，「沒想到楊心欣同學，居然會認識像我這麼平凡不起眼的小男生。」

「怎麼會！夜不語同學可是我們女生中口耳相傳，聲名遠播，聲勢浩大，有如明星級別的人物。不但人帥，又去過那麼多地方。」開頭的那番話聽得我飄飄然起來，可是立刻話的味道就不太對了。

楊心欣興奮地捂住自己發紅的雙頰，繼續道：「據說你遇到過許多怪異的事情，而且每一次都堅強的活下來了。

「還有人說你是神棍二世的現代版，能夠召鬼，可以預言未來，還有最最厲害的是，聽說每個愛上你的女孩都會死於非命，實在是太太太厲害了！好崇拜你！」

這！這根本就是在明讚揚暗嘲諷，聽得我忍不住想跌倒。而我身旁的另外一個女生早就不顧淑女形象，笑得差不多要倒下去，曾雅茹那傢伙吃力地攀住我的肩膀，笑到完全沒力氣了。

過了好久，她才直起身，挽住我的胳膊說道：「心欣，妳的嘴還是那麼厲害。當心把我好不容易才請來的人嚇跑了喔！」

楊心欣一臉無辜，「人家是真的很崇拜夜不語同學嘛，真的！」

「好了好了。」曾雅茹忍不住又笑了一陣，「我們約好的遊戲也該開始了吧。」楊心欣這才收斂起笑容，認真地說：「嗯，差不多是時候了。我這組的遊戲者是我楊心欣、周凡、吳廣宇和歐陽劍華。」

被介紹到的男生都下意識地挺直身體，衝我們高傲地點點頭。

「我這邊的人只有我曾雅茹和夜不語同學。」曾雅茹笑得十分恬靜。

我望了這群莫名其妙的人一眼，然後向前指了指，「這個，打擾一下。雖然我到現在都還不太清楚你們要玩哪種遊戲，不過，如果這扇門打不開就白搭了吧？」

「沒關係，我有鑰匙，好不容易才騙來的。」楊心欣衝我甜甜地笑著，然後從裙子口袋裡掏出一把老舊的青銅鑰匙。

「劍華，麻煩你把門打開好嗎？」她將鑰匙遞給最右邊的那個男生，附帶的贈送他一個可愛的微笑。

那男生頓時笑得傻呆呆的，接過鑰匙就精力無限地朝門跑去。

我四處打量了一番，從附近找來一根鋼管。那兩位大美女不解地望著我的一連串行動，迷惑地同聲道：「請問你在幹嘛？」

「等一下會有用。」我頭也沒抬地答。算了，既然已經答應要玩這場遊戲，就稍微認真一點吧。總之，最近也無聊很久了。

等了一會兒，還是沒見歐陽劍華從門邊挪開。其餘的人開始不太耐煩了。

楊心欣眉頭微皺，問道：「還沒有好嗎？」

「快了。」歐陽劍華回答得極度沒有自信。

我搖頭，笑著說：「沒用的，有鑰匙也打不開門。剛才我就已經檢查過了，鑰匙孔裡早就被鏽壞了，你這樣永遠都弄不開門的。」

「那該怎麼辦？」曾雅茹看了我一眼，「這位先生，看您自信滿滿的樣子，該不是早就成竹在胸了吧？」

「廢話，也不看看我是誰。」我衝歐陽劍華擺擺手，「你走開。」

說著就用鋼管抵在鎖鏈的位置，隨便敲幾下，本來就已經鏽腐得差不多的鎖就「啪嗒」一聲掉了下來。

「居然有這種方法！那我花那麼久時間騙鑰匙，不是自己找罪受。」楊心欣驚訝地捂住嘴，眼神裡異光閃動，「夜不語同學，人家真的是越來越崇拜你了！」

我笑得非常勉強，「恭維的話就不用多說了。現在是十點半，早點玩完，我回去還要吃宵夜呢。」

曾雅茹衝我點點頭，首先拉開門，走了進去。

更闌人靜，指的是沒有人的吵雜聲，一片寂靜，夜已很深，沒有人聲，一片寂靜。所謂「更」，是舊時的夜間計時單位，一夜分五更，每更約兩小時。

以上，是我最後一個跨過門時，第一時間映入腦海的東西。

被圍牆一起攔住的不光是舊校舍和芭蕉林，還有攔腰截斷的一小部分操場，走過圍牆的門就是剩餘的那部分操場。這是常識，是每個人都知道的東西。

但不知為何，先我一步進入的人卻一動不動地呆愣在原地，像被石化了一般。我不解地順著他們的視線看過去，頓時，也愣住了。

眼前哪裡還有什麼操場，只有芭蕉林。密密麻麻的芭蕉樹猶如原始森林一般，長在每一塊有限的角落上。而不遠處的舊校舍，便如同北美洲某個熱帶雨林高大脫穎而出的破舊遺跡。迎著黯淡的月色，拖出長長的，令人感覺毛骨悚然的影子，一直拉長到我們腳下。

我不由自主地打了個冷顫。不知道為何，一進入這裡，就有一種不太自在的感覺。

那種感覺十分微妙，彷彿舊校舍、芭蕉林成為了缺一不可的整體。一個陰暗潮濕，生長著臃腫身體的怪物，它靜悄悄地看著我們走進來，走進了它的身體。它張開大口，準備將毫無防備的我們全部吞噬下去……

相同的感覺，似乎不只我一個人有。離我最近的那個叫做吳廣宇的男生艱難地嚥下一口唾液，聲音顫抖的小聲說：「心欣，我看我們還是別玩了，回去吧。」

「膽小鬼，要回去你自己回去！」楊心欣不服輸地噘起嘴，雖然她的膝蓋也在不住地顫抖。

「我要回去了。」我毫不猶豫地轉身，正準備離開，卻被曾雅茹一把拉住。

「你要扔下一個小女生自己走掉嗎？」她用可憐兮兮的語調說。

我看了所有人一眼，緩緩道：「總覺得這裡有些古怪，我們最好快點離開。」

「哪有！我怎麼不覺得？」曾雅茹迷惑地看著我，然後又問其他人：「你們有感覺到嗎？」

「剛進門的那瞬間，我倒是有些輕微地覺得不太舒服。」歐陽劍華摸了摸自己的心口。

周凡舉手道：「我也是有種壓抑的感覺，不過現在好了。」

吳廣宇滿臉疑惑，「剛才我不知道為什麼，就是怕得要命，但是現在什麼都感覺不到了。」

楊心欣的臉色稍微有些難看，她嘴硬地說：「人家從頭到尾什麼都沒感覺到。夜不語同學，你會不會太疑心生暗鬼了？」

奇怪，剛才明明還存在的那種強烈到讓我感覺窒息的恐懼，現在卻完全消失了，難道真的是因為自己遇到的怪異事情太多，一有風吹草動就以為有問題？還是因為圍牆兩端的景象差異所產生出的幻覺？

我再次仔細打量四周，突然發現，這裡的環境確實有點髒亂，透露著蕭條和輕微的詭異，但絕對不會強烈到會令自己覺得危險的地步。看來，剛才果然只是錯覺吧！

遲疑了一會兒，我抬起頭，望著曾雅茹明亮淡雅的大眼睛，「現在該告訴我了吧，你們想要召喚哪種芭蕉精？」

「芭蕉精也分很多種嗎？」歐陽劍華好奇地問。

「當然了。」我解釋道，「一般而言，芭蕉精和召喚者的性別是相對的。也就是說女人召喚出來的會是雄性芭蕉精，而男人召喚則相反。而且它們的樣貌也不一定的，通常會和當時的召喚者，腦子裡想著的那個人的樣子有相似之處。」

我稍微想了想，「據說，只是據說，如果芭蕉精和某個人長得完全一樣的話，那個某人就會在當夜死掉，全身的血肉都會被芭蕉精吸光，然後那妖怪就能以那個某人的身分長久地活下去。」

「你知道的真多！」曾雅茹笑得很燦爛，「不過這次的召喚遊戲不一樣。是心欣提出來的，據說是她老家流行的遊戲。」

楊心欣也衝我燦爛地笑，「嗯，那我就來解釋一下好了。這個遊戲其實很有趣，危險性也不大。

「和一般的芭蕉精遊戲一樣，也是要找到一株已經結了蕉蕾的芭蕉樹，接著要進行遊戲的每個人都要用紅色的繩子，一頭拴住蕉蕾，一頭繫在左腿的大拇趾上，大家圍在一起玩一種抽牌遊戲。據說只要抽到鬼牌，就可以隨意地問一個問題。」

「好亂七八糟的遊戲！」我聽得腦子都混亂了，「問了問題以後呢？」

「據說芭蕉精會立刻給你答案喔！」楊心欣興奮地說。

「很特別的遊戲吧！」曾雅茹笑著問。

三班的那幾個男生因為是自己的女神提出的議案，當然是大幅度點頭。我卻不置可否，皺著眉頭想了想，才驚覺這個遊戲果然是混亂得可以。

「這個遊戲，真的能順利玩嗎？」我遲疑地問，「以一般的召靈遊戲而言，都有一定的規律和心裡暗示的因素。就因為有這些含糊的不確定因素，才能讓遊戲長久地玩下去。但是你們的這個遊戲存在許多先天的缺陷。

「撲克牌一共有五十四張，其中鬼牌兩張。一個人抽一張要抽掉五十二張，這樣的遊戲性太繁瑣，太不人性化了。

「況且抽到鬼牌後，問的問題也沒有任何限制，範圍變成了無限大，而且可以拿來暗示的道具卻一個都沒有。如果第一個抽到鬼牌的人問的問題，沒有任何明顯或者帶有暗示性的答案出現，那麼誰都知道這個遊戲是假的了。」

「阿夜，你想太多了。」曾雅茹抱住我的胳膊，「本來就是遊戲而已嘛。你以為有多少人認為碟仙什麼的會真的把鬼請來？根本就沒有幾個，大家都是為了好玩罷了。

「而且換種方式說，如果問的問題真的有答案的話，不就剛好證明了真的有芭蕉精嗎？這不是更有趣了嗎？」

我一時語塞，仔細想想。這個喜歡吊口水的古怪班花的話倒也頗有道理。只是這遊戲應該不會太長命才對。不過，至少能早點回家吃宵夜了。

想是這麼想，可內心那股莫名其妙的不安感依然沒有減弱多少。我苦笑著搖頭，其餘的人一副興高采烈的樣子，還是不要掃他們的興為好。因為某些自己都說不出來的理由就要叫停有趣的事情，這不是我夜不語的行為準則。

「你們確定真的要玩嗎？」我仔細想了想，下了個決定。

「嗯。」眾人毫不猶豫地點頭。

我笑起來，「既然要玩，那我們就玩大一點，瘋狂一點，這樣才比較開心。」

「阿夜想到了什麼嗎？」曾雅茹看了我一眼。

我點頭，慢悠悠地說道：「從前在一般的人家，每棵芭蕉樹的蕉葉，需要每三年修剪一次，據說這樣它們便難以成精。除非沾了人類的鮮血。」

「你的意思是？」楊心欣臉色有點發白。

「很簡單，芭蕉精遊戲最忌諱的就是用一根長長的紅線，一端牽住樹身，一端牽住自己腳的小趾尾。」我不懷好意地大笑，「我們賭注放大一點，就不知道你們敢不敢？」

「有什麼好不敢的？」還是男生的膽子比較大，特別是有喜歡的雌性生物在場時，雄性生物大多都會毫無大腦的，迎面撲向任何輕微以及不太輕微的挑撥。三班的幾個男生果然立刻就衝我挺直胸口大放厥詞。

我笑得更燦爛了，「那好。我們找一株年齡最大的芭蕉樹，蕉蕾也找快要盛開的。每根紅色繩子上都要滴上一滴自己的血，還有，紅繩也要綁在最忌諱的小趾尾。夠刺激吧！敢不敢？」

「太……是不是太過極端了？」楊心欣的聲音都開始顫抖起來。

「心欣，不是妳說生活太無趣了，都沒有刺激感，要玩召鬼遊戲的嗎？」曾雅茹眉開眼笑的用手指在空氣裡畫圈圈，「該不會，妳怕了吧？」

「人家、人家當然不會怕！」楊心欣哼了一聲，語氣急促的高聲說：「反正這個遊戲也沒什麼危險性，而且這個世界上哪有什麼芭蕉精，人家又不是三歲的小孩子！」

「那好，我們開始吧，道具呢？」我撓著脖子慵懶地問。

歐陽劍華舉手道：「都在我這裡。」

「很好。那麼開始選芭蕉樹。」我用視線緩緩掃過周圍。這裡的芭蕉樹長得十分雜亂無章，恐怕是長期沒有人打理，自由生長的緣故，「大家到處找一找，看有沒有樹幹粗壯，不會太高，但是生機勃勃而且芭蕉蕾也特別大的芭蕉樹。找到了互相通知一下。」

其餘的人依照我的話往四處找起來，曾雅茹乘機蹭到我身邊，小聲道：「阿夜，你還真出乎我的意料，居然提出這麼有膽的方法。還說自己不信鬼鬼神神的東西，如果真的不信的話，哪會這麼瞭解？」

我淡淡地道：「信不信是一回事，瞭不瞭解又是另外一回事，兩者是不能混為一談的。畢竟像妳說的，我確實遇到過幾件古怪的事情，雖然到現在還有點對自己的經歷半信半疑，不過，多知道多瞭解一些東西，畢竟不是一件壞事。」

曾雅茹撇了撇嘴，「無趣。你就不能對我笑笑嗎？」

我皮笑肉不笑的用力支起兩頰的肌肉，無力地道：「妳以為我嬉皮笑臉地說以上那段嚴肅的話，會有任何說服力嗎？」

「似乎，好像，真的沒有！」曾雅茹恍然大悟，開心地拍著手。頓時，我再次被她搞得無語了。

其實自己之所以會提出那麼駭人聽聞的遊戲方法，也是有考慮的。總覺得這裡有一些令自己焦躁不安的因素存在，雖然說不出來，又不忍心打斷這場遊戲，還不如橫生枝節，用另一種方法，讓這個遊戲無法進行或者改變成其他的形式。

物極必反這個成語在任何事物上都說得通，召鬼的遊戲也不例外，就一般而言，當召鬼遊戲所有的活路和死路都走上極端的時候，遊戲本身反而不再存在任何形式的危險性。何況是這種亂七八糟，感覺上根本就是胡亂拼湊起來的遊戲。

「這棵樹好古怪！」就在這時，不遠處的周凡突然大叫了一聲。

我下意識地回頭，當眼神接觸到他附近的那棵芭蕉樹的瞬間，整個身體不由自主地顫抖了一下。不安感覺，更加濃烈了……

第三章　芭蕉精（下）

以傳統來說，整治芭蕉精的方法往往分為四個部分。首先要查出是哪一棵芭蕉樹成精。

然後讓已被芭蕉精纏上的人，先在自己的大腳趾上牽上長長的紅線，線的另一端掉出窗外，靜待芭蕉精在夜晚來臨。第二天早晨等芭蕉精走後，查看窗外的紅線，掉落在哪一棵芭蕉樹下，那棵樹便是芭蕉精的真身。

那個時候，就要等到中午，在日頭最猛烈的時間，先砍下已成精的芭蕉樹。傳說砍下時，樹身上會流出血水，之後，挖出樹根，並把樹根砍爛。

最後把砍下的芭蕉樹及樹根，丟進火裡燒掉，而且一定要確保完全燒掉後，才可以離去。傳說燒樹時，樹會發出女子的哭泣聲。

每棵芭蕉樹的蕉葉，需要每三年修剪一次，這樣它們便難以成精，除非是沾了人的鮮血。此外，切勿用一根長長的紅線，一端牽住樹身，一端牽住自己的腳趾尾。

以上整治的是還算不上厲害的芭蕉精。最厲害的芭蕉精，據說是生長在一種十分特別的芭蕉樹上，而眼前的這株芭蕉樹就足夠特別，其實往深入一點說，根本就稱得上怪異！

芭蕉樹高只有兩公尺多，但是卻很臃腫，樹幹上長滿了因為枝葉掉落而形成的疤痕，一串一串的，看起來讓人十分不舒服。

粗略估計了一下，樹齡至少有上百歲，原本應該翠綠的枝幹病懨懨的呈現黃褐色，在月光的映照下，越發猙獰。而兩公尺處的地方，剛好有個碩大而且長得非常噁心的蕉蕾。

「什麼東西哦，長得真有夠難看的！」

楊心欣等人也走了過來，她捂住嘴厭惡地說。

我皺了下眉頭。一般來說，三年不修剪枝葉的芭蕉樹就已經很危險了，但是這片明顯沒人理會的蠻荒之地，十幾年都不曾有人進出，裡邊大部分的樹都沒有人打理。

如果傳說稍微有點真實性質的話，危險的強度就會加大，但是這棵樹，雖然醜是醜了一點，可看起來應該每年都有落葉。

「就用這棵樹好了。」我的視線一直凝結在樹身上，許久才淡然道。

「不要。」楊心欣首先反對，「太噁心了。你看看那個蕉蕾，根本就畸形得像個剛死掉的嬰兒。一想到要和這種玩意兒有聯繫，人家就忍不住想吐。」

曾雅茹依然笑嘻嘻的，輕聲說：「心欣果然是在害怕，沒關係的，不過是個遊戲罷了。妳不是說這個世界上根本沒有鬼嗎？」

「人家才沒有怕。」楊心欣忍不住一邊偷看那棵長相怪異的樹，一邊臉色發白，

「總之那個遊戲根本就沒有危險性，怎麼玩都無所謂。」

「心欣，真的沒問題嗎？」周凡抬頭嚥下一口唾沫，他的聲音明顯在發抖。

人類果然是一種以貌取人的生物啊！我不動聲色的再次打量那棵樹，雖然看樣子它確實很奇怪很醜，但是就危險度而言，應該是最低的。畢竟芭蕉精，就傳說而言，並不是越老的樹上越容易請到，如果限定條件的話，請不到的可能性更大一點。

雖然不過是一場遊戲，但還是小心為好。畢竟遇到過那麼多事情的我，也不是光吃白飯長大的。只是，那個芭蕉蕾確實越看越像一個剛死掉的人類嬰兒。讓人毛骨悚然！

看看手上的錶，指針已經到十一點了。雖然並不是請芭蕉精的最佳時刻，不過，安全第一！我緩緩看了所有人一眼，「如果要玩的話，就馬上開始吧。回家前還可以順便去便利商店買蛋糕吃。」

楊心欣沒有再反對，她的眾跟班們當然也就沒有反對的理由。我和曾雅茹對視一眼，將歐陽劍華揹著的袋子拿過來，把道具一樣接著一樣地往外掏。仔細數了一遍，居然發現東西很豐富，而且還有一把多功能瑞士小刀。

我頭大地舉著瑞士小刀問：「怎麼會有這種玩意兒？」

歐陽劍華乾笑了幾聲，「不是說冒險嗎？男人是為了保護女人而存在的，如果女人有危險，當然應該手持刀劍，橫刀立馬，迎著危險撲上去！所以本人就冒著天大的危險，把老爸的刀給偷了出來。」

我捧場的鼓掌，「有必要嗎？你當這裡真的是原始森林啊？」

他摸著後腦勺傻乎乎地笑，對我的話滿臉不在乎。算了，我將紅繩子分成六根，每一根都分別繫在那個畸形的蕉蕾上，然後分給其他人。並在樹的周圍將六根白色的蠟燭點燃。

脫掉鞋子，將紅繩的另一端拴在左腳的小尾趾，最後用火將瑞士小刀開罐器的尖銳處燒了一會兒去毒，再將右手的中指刺破，將血塗在了繩子上。眾人被我那一連串流暢的動作唬得一愣一愣，並在我的再三催促下，依次把形式上的規矩做完。

接著便是正式的遊戲了！

大家圍攏在一起坐成一個圓圈，就著昏暗的蠟燭光芒，緩緩將嶄新的撲克牌洗到非常零碎後，這才放到中央位置，以逆時針方向一個一個按照順序抽下去。

已經是十一點過十分了，剛才還似有若無的月光消失得無影無蹤，只剩下燭光隨著秋日的微風輕輕晃動。不時爆開輕微的燭焰響聲，也被這片寂寥的黑暗地帶無限放大，刺激著每個人的耳膜。

晃動的芭蕉樹葉，猶如無數無名生物的觸手，在夜色裡顯得特別猙獰。

我對面的楊心欣似乎非常緊張，稍微有些風吹草動都會讓她的身體一陣顫抖。我覺得有些莫名其妙，如果真的害怕的話，幹嘛還硬是要玩這種刺激性強烈的遊戲？唉，女人這種生物，看來用盡我的一輩子，恐怕都無法真正的瞭解。

如果真有來世的話，而且碰巧我來世變成了一個女人，那麼那時候的自己，會不會也不瞭解自己呢？

我一邊無聊的抽牌，一邊胡思亂想。不久後，只聽楊心欣「呀」的發出一聲尖叫，然後猛地將手中的牌扔了出去，那副驚惶失措的樣子就像剛才拿到的不是牌，而是某種噁心恐怖的危險生物。

「怎麼了？」我第一時間發問，並將她扔出去的牌撿起來。

「是鬼牌！」她驚魂未定，捂住胸口喘息道。

我迅速看了一眼，果然是鬼牌，然後大笑起來，「根據妳的遊戲規則，抽到鬼牌就可以發問，又不是遇見鬼，有什麼好大驚小怪的？」

她想了想，也啞然失色地笑起來，長長的睫毛上還留著嚇出來的淚珠。

「對不起，人家一時緊張，下意識就丟出去了。」她不好意思地紅著臉，咳嗽了幾聲，試圖將所有人的注意力都從剛才的糗事上轉移開，「那麼，人家開始發問了——」

她將最後一個音調拖得很長，苦苦地撫著額頭想了好一會兒，這才道：「那麼，芭蕉精啊芭蕉精，請問，這次的期末考我會不會 PASS？會的話請動左邊的葉子，不會的話請動右邊的葉子。」

這時，恰好有一陣涼涼的風吹過，吹得所有人都不由自主地打了個冷顫。而那株又矮又臃腫的醜陋芭蕉樹，整個左邊的葉子都被吹動了，像是穿著灰色衣服的胖子在跳著怪異的舞蹈。

不知是不是幻覺，就在剛才那一剎那，我彷彿看到蕉蕾猶如活了一般的微微抽動一下，嬰兒的模樣也逐漸臃腫了起來。我死死盯著那個芭蕉蕾看，許久，也沒有再發現什麼異常狀況。真的只是自己的錯覺嗎？

曾雅茹輕輕握住我的右手，關切地問：「阿夜，你怎麼了？」

「沒什麼，我眼花了。」我搖搖頭，衝眾人道：「繼續。」

從理論上而言，自己所做的一切都沒有任何問題，只是為何那股不安卻越發濃烈，濃到如濕度高達百分之九十的霧氣，根本看不到前路。再來一次，如果那時候還發現有異常情況，不管怎樣都要立刻把這遊戲結束掉！

抽牌繼續，不一會兒，鬼牌再次出現了。這次抽到的是吳廣宇，只見他默默地將牌放在地上，就是不說話。

「廣宇，問一問後天的彩券頭獎號碼是多少。」周凡興高采烈地哄叫著。

我被逗得「噗哧」一聲笑起來。

「你幹嘛笑？」周凡不解。

「這種遊戲沒有那麼複雜的玩法。」我一邊笑一邊說：「不信你問問你們的楊心欣女神。」

女神點頭，「就像夜不語同學說的，這個遊戲只能提答案是肯定或者否定的問題，不然會不靈的。」

「嗯。那麼，芭蕉精啊芭蕉精，請問……」又遲疑了一會兒，吳廣宇這才道：「我的女神最喜歡的是不是我？是的話請動左邊的葉子，不是的話請動右邊的葉子。」

「討厭，廣宇你真是的，居然問這種問題。」楊心欣害羞地捂住了臉，把我看得直吐舌頭，好造作的表情！

一陣風吹來，樹右邊的葉子開始跳舞。我立刻集中所有的注意力，死死望著蕉蕾，但是卻絲毫沒有發現任何古怪的地方，那個如同死胎的蕾包一動不動，依然那麼難看。懸著的心稍微放下去了一點點，剛才果然是自己神經過敏吧！

「嗚嗚，我就知道。」吳廣宇在鼻腔裡發出類似小豬想喝奶時，才會發出的聲音，「一定是我還不夠努力，加油啊，廣宇！十八歲的青春在向你揮手！」

我倒！居然還有這種人。牌重新洗了一次，遊戲重新開始。經過兩分鐘飛快而且無聊的抽牌運動，最後曾雅茹突然笑了起來。

「鬼牌在我這裡！」她露出燦爛迷人的笑容，將牌放在地上，然後將頭倚在我的肩膀上喃喃說：「該問個什麼問題呢？好頭痛哦，似乎沒什麼可以問的。」

「隨便問點什麼就好，不要浪費大家的時間。」我抖了抖肩膀，試圖把她抖下來。

可惜她貼得非常緊，就差把頭埋進我的胳膊裡了。這種狀況，一點都不像表面上那麼甜蜜！

「有了！」她開心地拍著手，「大家還記得一年多前學校裡發生的『五克拉藍色項鍊連續死亡事件』吧？」

眾人迷惑不解地微微點頭。

「就問這個。」她聲音大了起來，「芭蕉精啊芭蕉精，請問那串藍色項鍊現在在哪裡？」

楊心欣臉色蒼白，略帶著不滿的語氣道：「雅茹，剛剛人家就說過了，範圍這麼廣的問題是不可能會回答的！」

「那我就問簡單點好了。」曾雅茹依然笑著，但是表情卻絲毫沒有笑時該有的感覺，那一剎那，她的語氣變得非常嚴肅而且正式，「芭蕉精啊芭蕉精，請問那串藍色項鍊還在這個學校裡嗎？是的話請動左邊的葉子，不是的話請動右邊的葉子。」

我直覺地感到不對，這個女人，她究竟想幹嘛？不知道是不是有風，但芭蕉樹左邊的葉子卻開始動了。

曾雅茹立刻變得非常激動，她的神色緊張，語氣也緊張得略微乾澀起來，「那麼在哪裡？告訴我在哪裡？」她激動地站起身，向芭蕉樹走了幾步，似乎急切地想知道答案。所有人都被她的行動嚇住，大腦一時間空白一片，什麼行動也沒有採取。

就在這時異變突生，繫在蕉蕾上的六根紅繩同時斷掉，我只感覺小腳趾上一輕，似乎心臟被外界什麼東西吸引，差點被吸了出去。

心猛烈地跳個不停，無數汗珠從周身的毛孔流了出來。是冷汗！

「剛剛……究竟是怎麼了？」楊心欣心驚膽跳地捂住胸口，語氣結巴。看情況，她身旁的幾個男子漢也不比她好多少，幾乎都快癱倒在地上。

「遊戲結束了，我們快走。」我當機立斷，將斷掉的紅繩子用火燒掉，吹滅蠟燭，然後催促眾人出去。

曾雅茹依然一動不動地站在原地，我一把抓住她的肩膀，卻被她推開了。這傢伙，力氣什麼時候變得那麼大？

「我還有一個問題，最後一個問題！求求你讓我問完！」她瘋了似的，雖然臉色煞白，但是嘴卻沒有閒著。

我皺眉，毫不客氣地搧了她一耳光，趁她又愣住的時候，抱住她的腰，將她整個人扛在肩膀上大步往前走。

好不容易才走到圍牆的那頭，我喘著氣，清點人數後，這才道：「都沒有問題吧？」

「我有。」肩膀下邊傳出了一個稍微害羞的聲音。我這才發現剛剛只顧著跑，完全忘了把曾雅茹放下來。

「哈哈，抱歉抱歉。」我笑著，突然記起不久前打過這女煞星一耳光，如果被她想起來，這個記仇的古怪美女還不知道要怎麼報復自己。

剛抱著這種想法，古怪美女的眼神就對上自己。她的眼神裡充斥著些許奇怪的情緒，臉也紅紅的，看來一時間應該還記不起來才對，但是，今晚有件事是一定要善後的！

從吳廣宇那裡借了瑞士小刀，我提著膽子再次進了芭蕉林一趟，將那棵古怪的芭蕉樹砍倒，再將蕉蕾摘下來。

畢竟那場遊戲不管怎麼說都算是失敗了。繩子斷了，就如同請碟仙無法把碟仙送回去一樣，根據以往芭蕉精遊戲的準則，最好是能立刻砍了芭蕉樹，把用來請仙的蕉蕾埋掉。

月亮不知何時又出來了，現在是夜晚十一點半，月光很明亮。我低下頭，不由自主地看了一眼手中的蕉蕾，這個剛才還像死胎的東西，現在卻圓滾滾的，根本就是一個再正常不過的芭蕉蕾。奇怪！我沒再胡思亂想，很快在鬆軟的地上挖了個坑，將蕉蕾埋了，然後飛也似的跑出去。這種詭異的地方，一個人真的不怎麼敢待太久。

圍牆的那側，只剩曾雅茹和吳廣宇在等我。

「夜不語，剛剛你有沒有聞到什麼奇怪的味道？」吳廣宇接過我遞回去的刀，遲疑了半晌才艱難地問。

「沒有。」我搖頭。

「奇怪了，難道只有我一個人聞到嗎？」他迷惑地搖搖頭，也走掉了。

曾雅茹嘴角流露出笑容，只是那種笑容卻帶著令我毛骨悚然的感覺。

「怎麼了？我就是再帥也禁不住妳這麼看的！」我不由自主地打了個冷顫。

「阿夜，剛才你是不是打了我一巴掌？」她的笑容似乎人畜無害。

「怎麼可能！我從來不打女人的。」我矢口否認。

「是嗎？我明明覺得有人打過我，下手還很重。」

「一定是有人嫉妒妳的美麗，趁妳病要妳命。仔細想一想，有這種犯罪動機的嫌疑人在我們六個中究竟會是誰呢？」我試圖將她的思考引到另一個方向，可是明顯失敗了。

「哼！明明就是你欺負人家，明天我要撕破裙子到教務處去！」

我立刻舉手投降，「那根本就是意外，難道要我五體投地地向妳賠罪嗎？」

「這倒不用，只要下個禮拜天你答應和人家約會，人家就原諒你。還有……」她猛地抱住了我，濕潤的嘴唇帶著一絲芬芳的青春氣息飛快印在我唇上，雪白的皓齒輕輕咬著我的下嘴唇，許久才不捨地分開。

「這是剛剛你救人家的謝禮。」她的臉蛋略微有些發紅，轉過身躲開我的視線，甜美的聲音依然在無人的操場上迴盪著。

「你覺得呢？感覺怎麼樣？」她突然又轉過身問。

「嗯？什麼？」還沉吟在那個突然的吻中的我，一時間沒有反應過來。

曾雅茹眼睛裡帶著笑，羞羞地低聲道：「女孩子的唾液，果然是甜的吧……」

一陣秋風拂過，多事的一天就這樣在那一吻中結束了。

另一個多事的一天，在不安的預感中，像是河底遊蕩的鱷魚，睜開豆大的眼睛，無聲無息地窺視著河面划著獨木舟的我們。

第四章 約會（上）

遊戲結束後的日子，很快恢復到從前的狀態。每個人都像不認識那晚的對方，就算偶然遇到，視線即使有所接觸，也會很快地轉開，擦肩而過。

有人說學校就是另外一種社會，或許是真的吧。每個人都在自己的周圍豎起一道高高的圍牆，那麼高的圍牆，不是一兩次接觸就能使其崩潰掉的。

不知道別人怎樣，至少我是這麼認為，也是這麼忠實地行動著。沒多久，便到了十一天後，約定的那個週末，那天凌晨六點半，我就被曾雅茹的奪命連環 Call 吵醒，無奈地洗了個晨澡，隨意地換了件衣服便出門了。

來到約定的地鐵站門口，也不過才早晨八點左右。籠罩著濃霧的清早，四周連個鬼影都沒有，更不要說早在一個半小時前就打電話來提醒我，說是自己已經到的某個古怪美女了。

無聊地坐在長椅上，我有些稀奇地看著秋天的霧氣。說實話，這個城市就連冬天的霧都不算濃，可是今天霧居然大到連十公尺遠的能見度都沒有。

霧氣猶如蒸騰的雲霧，不斷在視線裡攪動翻滾著。突然，感覺到有誰在拍自己的肩膀，我猛地回頭，卻誰也沒有看到。方圓十公尺的範圍，一目了然的地方，誰也沒有！那麼剛才，究竟是誰拍了我的肩膀？

不由得打了個冷顫，我站起身緩緩打量四周，猛地，身後又有什麼東西用力推了我一把，我順勢倒下，在地上一滾，飛快地往後望。

還是什麼都沒有。

風不知道從什麼地方吹了過來，是暖風。彷彿有誰往我的衣領溫柔地吹氣，我的身體頓時僵硬起來，一股惡寒從腳底直冒上了後腦勺。

視線能觸及的地方，三百六十五度沒有死角的四周，根本就不可能存在可以藏人，哪怕是只有小孩身體大小的地方。雖然霧氣很重，可是十公尺內我還能看得清楚。以我的速度，沒有誰能夠捉弄自己，然後快到能夠逃過我眼睛的。

奇怪！真的很奇怪，難道自己居然有可能遇到鬼了？

我的心臟快速地跳個不停，大腦出奇的冷靜。不管那麼多了，首先應該判斷的是自己會不會有危險。身體後退，飛快地退回椅子上，我整個人躺倒下去。

現在自己的雙眼只需要注意眼前四十五度的範圍，就算真的有人捉弄自己，就算真的有人的速度可以快過自己眼睛追捕的速度，那麼現在他也只能從正面來了。到時候自己如果還是看不到，那麼我馬上就會去廟裡求一大堆護身符防身。

可是等了十幾分鐘，居然什麼都沒有等到。就在我快要放棄的時候，一個不太高大的身影，從遠處緩緩走了過來。

心臟又開始劇烈跳動，我急促地呼吸著，眼睛一眨不眨地望著前方。突然，我愣住了。那個身影，似乎有點熟悉。

「阿夜，你這是在幹嘛？」曾雅茹驚訝地看著我，用手抵在紅紅的嘴唇上，「噗哧」一聲笑起來，「難道阿夜你為了和人家的初次約會不遲到，昨晚就在這裡打了地鋪？人家實在太感動了！」

「我又不是神經病！」糗態被看到，我開始自暴自棄，乾脆盤坐在椅子上，聲音止不住的顫抖，「剛才，或許我撞到鬼了！」

曾雅茹張大眼睛，見我一副認真的表情，好不容易才收斂起笑臉，用柔軟的小手貼在我的額頭上，「不燙啊，不像是發燒的樣子。」

「我沒有發燒。」我抗議地將她的手甩開。

「提問，唯一能夠分辨藍色的鳥類是什麼鳥？」

「貓頭鷹。」

「達文西畫蒙娜麗莎的嘴唇一共花了多少年？」

「十二年。」

曾雅茹感動地拍手，「哇，好厲害，居然都答對了。看來你果然是清清楚楚地見了鬼！」

「妳這傢伙，一般正常人就算身體狀況是有生以來最好的，這兩個問題也不見得答得上來吧。」我有些哭笑不得。

「不管了。」她笑得十分開心，「幾天前阿夜你還是個堅定的無神論者，什麼事情居然讓你轉性了？」

「那妳嘗試一下莫名其妙被什麼東西拍肩膀，然後又被推倒，但是眼睛卻什麼都發現不了的滋味。那時候就算是諾貝爾物理獎的得主，都會毫不猶豫地相信，其實佛祖以及玉皇大帝每個月都會和上帝耶和華聚餐。」

「喔喔，雖然人家還是不怎麼明白，但是，相信你啦！」曾雅茹挽住我的胳膊，偏過頭認真想了想，問：「阿夜，鬼是什麼樣子？」

「這個問題就值得探討了。我問妳，真愛該是什麼樣子呢？」

「這個啊，嗯，我不知道。」她苦惱地用手指在我的胳膊上畫圈圈。

我笑起來，「那就對了，鬼和真愛都是一模一樣的貨色，從古到今眾說紛紜，也被無數的文人墨客描述得天花亂墜，可誰都沒有真正看到過。或許，它們根本就不存在吧。」

「你這個人為什麼老是那麼矛盾？」曾雅茹嗔道，「剛剛你還說遇到鬼的。」

「剛才是剛才，我現在想了想，說不定自己不過是疑心生暗鬼罷了。」

我撓了撓鼻頭，仔細想起來，似乎幾分鐘前的事情真的是偶然加上巧合，製造出某種暫時不能用科學來證明的事件。就像許多地方明明是平坦的直路，明眼看去根本就不可能發生會車禍，偏偏會豎著一塊「事故多發區，請謹慎駕駛」的標誌。

「哎，都不知道該怎麼說你了。」曾雅茹無語地嘆了口氣，突然伸出纖纖玉手，「乾脆，我們來拉勾。」

「幹嘛？」

「就立下一個約定啊！如果我們倆誰先死翹翹了，如果人死掉後真的會變成鬼的話，那就在那個人死亡的第七天，在午夜十二點，拍一拍他的肩膀，再在他的屁股上踢一腳。」

我將手背了過去，「不幹，太不吉利了。」

「不要那麼迷信嘛，人家都不怕，你還是不是男人？」她一邊笑著，一邊搶過我的右手用力地和我拉勾，這才喜笑顏開地依偎在我身旁。那副可愛的模樣，在不瞭解真相的人看來，根本就是個已經陷入愛河很深的小女生。

但，誰又知道這個美麗女孩的古怪呢？

星期日的早晨，九點，乘著擁擠的早班地鐵在遊樂園下車。我和曾雅茹痛痛快快地玩了兩次雲霄飛車，到鬼屋裡閒逛了一下，然後登上了摩天輪。

風很大，在幾十公尺高的摩天輪上俯望，似乎整個城市的風景都收在了眼底。不遠處的錦江如同玉帶一般，平靜無波。江面偶爾飛快滑過幾艘快艇，掀起一層又一層的波瀾。

好平靜的時光。我看著窗外，深深吸了一口高處的空氣。雖然這個城市的污染最近幾年已經好了許多，但是天空依然不算清爽，就算有這麼明媚的陽光，天幕也如同海洋一般藍得透明，心底卻不見得有多舒暢。

「阿夜，你看下邊，好美哦！」曾雅茹坐在我對面，癡癡望著錦江的碧波。

「嗯。」我心不在焉地發出一聲悶響。

「你好冷淡哦。」她嘟著嘴巴，突然坐了過來，摩天輪立刻失去平衡，重心開始向右邊轉移。我被嚇得差些跳了起來。

「妳幹嘛？」我驚魂未定地瞪了她一眼。

曾雅茹滿臉幸福的微笑，挽住我的胳膊，小聲說：「人家只是想這麼坐著而已，一直都這麼坐著。阿夜，好像在你身邊，人家什麼煩惱都不會有了似的。」

我居然還有這種功能？

「阿夜，你知道嗎？從小我就很孤獨。」她的臉上依然帶著笑，但表情卻不知為何黯淡了下來。

「雖然國中以後，追我的人越來越多，可是那種孤獨，卻依然沒有減少多少。有時候我真的好怕，怕直到最後，直到我老了，不漂亮了，到時候就沒有人再願意給我依靠了。」

我有點尷尬地摸了摸鼻頭，這女人，到底想幹嘛？

「阿夜，聽別人說，這世界上有一種鳥是沒有腳的，牠只能一直飛呀飛呀，飛累了就在風裡睡覺，這種鳥一輩子只能下地一次，那唯一的一次就是牠死亡的時候。」

奇怪了，這台詞怎麼那麼熟悉？我抬頭，問：「《阿飛正傳》？」

還在醞釀感情的曾雅茹嗔怒地看了我一眼，「哼，你知道嗎？也許每一個男子全都有過這樣的兩個女人，至少兩個：娶了紅玫瑰，久而久之，紅的變了牆上的一抹蚊子血，白的還是『床前明月光』；娶了白玫瑰，白的便是衣服上的一粒飯黏子，紅的卻是心口上的一顆硃砂痣。」

「《紅玫瑰與白玫瑰》？」

「我覺得生命是最重要的，所以在我心裡，沒有事情是解決不了的。不是每一個人都可以幸運地過自己理想中的生活，有樓有車當然好了，沒有難道要哭嗎？所以呢，我們一定要享受我們所過的生活。」

「……這是，《新不了情》？」

「阿夜，你果然很沒有情調！」曾雅茹用力在我手臂上掐了一下。

我苦笑起來，「明明就是妳在那裡亂唸電影劇本，我又不是專業演員，怎麼可能配合得了？」

「你根本就沒有試過，怎麼知道自己做不到？」她的手抬起來想撓我的肘彎，被我一把抓住了。纖細雪白的玉手，皮膚細膩得如同光滑的綢緞，入手溫潤，很有彈性，令自己幾乎不願意放開。

第五章 約會（下）

曾雅茹也有剎那的失神，一抹嫣紅爬滿了臉。她急忙轉過頭，稍微慌亂地說道：「阿夜，女孩子的手是不能亂抓的。」

話是那麼說，但她絲毫沒有將手抽回的意思。

「據說，」她轉回頭，開始凝視我的眼睛，「一個男孩如果抓住女孩子的手三分鐘，就要負責任，要娶那個女孩，要一輩子愛那個女孩，不離不棄，永遠愛她哦！」

說時遲，那時快，我立刻下意識地放手，將雙手舉得老高。我們對望，許久，突然同時哈哈笑了起來，捧腹大笑。

「雅茹，妳家裡有哪些成員？」我好不容易才收斂起笑容，認真問。

她右手指抵住嘴唇，甜甜地回答：「有爸爸、媽媽、爺爺、奶奶，還有一個姐姐，總之是最平凡不過的家庭了。怎麼，阿夜這麼快就想去拜見人家的父母大人了嗎？」

我沒有因為她的玩笑而笑起來，只是繼續問：「我是說現在。」

曾雅茹的表情在剎那間冷淡下來，她的聲音也不再修飾，如同寒冰一般的冷淡，「你調查過我？」

「沒錯。」我緩慢地點頭，「開頭是因為玩芭蕉精最後，妳那一連串古怪的舉動引起了我的注意。然後就拜託我當員警的表哥查了妳的過去。只是沒有想到……」

「只是沒想到我的人生那麼悲慘對吧？」

曾雅茹冷哼了一聲，「沒錯，我九歲的時候，父母，爺爺和奶奶就因為車禍過世了，我和姐姐靠著鉅額的賠償金相依為命。但是我並沒有覺得自己命苦，也從來不去恨誰，只想平平淡淡在自己小小的世界裡，過普通的人生。」

我的神色有些黯然，因為自己的好奇，或許真的傷害了她吧。

「夜不語，今天的約會算什麼？算可憐我嗎？」她的聲音顫抖了起來，卻帶著強烈的憤恨。

「沒錯，我確實很害怕孤獨，我希望像個普通人一樣，可以隨意地喜歡一個人，可以被那個人所喜歡。想哭的時候我可以對著他哭，想笑的時候我能開心地笑，但我根本就不需要任何人來可憐！」

摩天輪轉到了終點，曾雅茹狠狠地拉開門，頭也不回地走了出去。

我飛快地追向她，握住她的手。她將我用力推開，回頭的一剎那，我見到了淚水，滿面的淚水。彎曲的淚痕爬滿她美麗的臉龐，她的臉上呈現著痛苦。那種痛苦，不知為何，映入視網膜後，讓我很心痛，心臟的位置甚至像要爆炸了似的。

我沒有同情她，絕對不會同情她，像她那麼高傲的女孩是不需要同情的。我很清楚，所以一開始就將問題問得很直白。或許，我真的太高估了她的堅強，以及自己對於她的地位了吧！

毫無猶豫，在她第五次推開我的時候，我緊緊將她抱住。用力抱住，不論她怎麼掙扎也沒有放手。漸漸，抵抗力越來越小，終於她癱倒在我懷裡，長期壓抑的痛苦毫無保留地宣洩了出來。

她哭了，哭得很傷心，抽泣聲如同決堤一般迴盪在喧譁的四周。我無法顧慮別人異樣的眼神，只是輕輕拍著她的背，溫柔地在她耳邊輕輕說著話。哭起來的女人根本就是無法溝通的小孩子，既然無法用言語溝通，那就用言語告訴她，至少還有人站在她那邊。

或許女人就是這樣的生物吧！悲傷的女人猶如含水量百分之九十的水母，當她們透過眼淚將水分含量降低到百分之六十六時，再深重如淵的痛苦也會慢慢流逝。

許久，曾雅茹才止住哭，頭卻緊緊埋在我懷裡不肯抬起來。

「丟臉死了。」她的聲音恢復往常的狀態，但是語調卻稍微有些沙啞急促。

我望了周圍早就圍了一圈的人牆一眼，也頭痛了起來。果然，最近似乎一和她在一起，就幾乎要丟臉丟到姥姥家去！

「我數一二三，我們就一起用力跑！」我湊到她耳旁輕聲說，她在我懷裡點點頭，烏黑滑順的髮絲被風吹起，掃過臉頰，癢癢的。

「那麼，一，二，三，快溜！」我大喊一聲，趁著周圍人被嚇了一跳的黃金機會，拉著她的手一陣急跑。好不容易才找到了一個僻靜的去處。

抽空一看，才發現居然到了情人們幽會的好去處——紫竹林。

曾雅茹喘息著，緊緊握著我的手，像是怕我不見似的。咳嗽了一會兒，她才望著我，臉色再次嚴肅起來，「不要以為這樣你就沒事了。哼，我才不會那麼容易原諒一個人。」

「知道！知道！」我敷衍地點頭。

她賭氣的一腳踩在我的腳背上，「從實招來，你還知道我哪些事情？」

「真的可以說嗎？妳發誓不會像剛才那樣發飆。」我有些遲疑，自己對付女人本來就不拿手，如果剛剛的狀況再出現一次，恐怕我會完全沒轍。

「我哪有那麼小氣？不要婆婆媽媽的，快說！」她拉我坐在附近的石椅上，拈起一片竹葉心不在焉地玩弄著。

「妳的姐姐，她叫曾雅韻吧，當年出名的校花，追求者多到要領號碼牌。但就在一年半前，高三的她突然消失了，至今下落不明。

「對於她的失蹤，整個學校裡流傳著許多不同版本的故事。有人說她和某個中年男人私奔了，也有人說她懷孕，被孩子的父親拋棄，她害怕被人知道覺得實在太丟臉，就乾脆自殺了。」

曾雅茹沒說話，許久才抬起頭，望著我的眼睛問：「流言，你認為哪個更有真實性？」

「都沒有。」我毫不猶豫地說，「所謂流言，不過是嫉妒她的人，利用有心或者無心者傳播出去的，是沒有任何價值的八卦。以妳們家的狀況來說，家裡她最大，就算要交往，也不會有任何阻攔才對。如果說要私奔，那就更是無稽之談了！

「我想就算再沒有人性的姐姐，也不會扔下小自己兩歲多的妹妹，然後沒有任何徵兆地跑掉。何況，她走的時候根本就沒有帶一分錢。」

「一直以來，我也是這麼想。」曾雅茹眼睛一紅，像是又要哭了。

「妳姐姐失蹤三個月以後，原本在另外一所高中就讀的妳，轉到了現在的高中，根據以上的種種，我猜測妳姐姐的失蹤應該有很大的隱情。

「至少妳認為，她或許是被誘拐，或者被害了，而害她的那個人很有可能還在這間學校裡。就算那個人和妳姐姐同年級，至少也會在學校留下一些蛛絲馬跡。

「妳之所以轉學過來，就是為了找到妳姐姐，或許是她本人，或許……是她的屍體！然後將害她的人繩之以法。」

「全對！」她驚訝地看了我一眼，「那天早晨，姐姐像是往常那樣替我做好早餐，溫柔地叫我起床，看著我吃完，收拾完畢後和我一起上學。在分開的時候，一切都很正常，就如同從前的每一天那樣，可是，可是……」

她的聲音哽咽得說不出話來。

「可是從那一天後，她就再也沒有回來過。我發誓，如果真有人在背後搞鬼，我一定要親手殺了那個混蛋！」

我有生以來第一次那麼溫柔地把她擁入懷裡，她沒有抵抗，不斷顫抖的身體似乎找到依靠似的，漸漸平靜了下來。

「那一晚，妳問芭蕉精『五克拉藍色項鍊連續死亡事件』的事情。如果我猜得沒錯的話，妳姐姐，應該是最後一個得到那串項鍊的人。」想了想，我突然問。

曾雅茹抬起頭，咬緊牙齒，從聲帶裡發出一聲模糊的肯定音符。

「那事情至少有了一個突破口。如果找到了那串項鍊，說不定就能找到妳姐姐了，妳也是這樣想的吧？」

「沒錯。」她點頭，「可是我調查了一年多，什麼都沒有發現。那串項鍊就像從人間蒸發了一般。學校雖然大，人雖然也很多，可是像五克拉藍色鑽石那麼顯眼的東西，不應該找不到任何線索才對。」

我嘲諷地笑起來，「那串項鍊或許真的帶著詛咒也說不定，只要擁有它的主人都會死於非命。真的滿奇怪的，當時看那個彆扭富家公子戴著的時候，就有一件事情想警告他的。」

「夜不語，你會幫我吧？」曾雅茹低下頭不知道在想什麼，好久，才艱難地從嘴裡吐出這幾個字。

「我為什麼要幫妳？」

「也對，我根本就不算什麼。老是強迫你，對你而言，我應該很討厭吧！何況，這件事本來就很危險。」她苦笑著，滿臉的頹喪失望，彷彿生存的氣息都在一剎那消失了。

我忍不住大笑起來，「開個玩笑罷了。這麼有趣的事情，我夜不語怎麼會不插上一腳？」

「真的！」曾雅茹原本煞白的臉色立刻爬滿了激動的紅暈，甚至語無倫次起來，「我、我都不知道該說什麼好了！真的，我……」

「那就什麼都不要說。」我撓了撓腦袋，女孩子發自內心的微笑，果然很美！

就在這時，曾雅茹手提袋裡的電話響了起來。她用依然顫抖的手拿出電話，才接聽笑容就沒有了，取而代之是全身的僵硬。

「怎麼？」我皺了下眉頭，不知為何，居然會有一種不妙的預感。

「剛才打來電話的是楊心欣，她告訴我一個消息。」曾雅茹的表情十分複雜，「歐陽劍華死了，死在家裡。是自殺！」

第六章 屍體

頭暈，很暈，非常暈。

那股該死的氣味，自從那晚之後就越來越濃，那麼濃烈到令人厭惡的氣味，為什麼居然沒有任何人聞到？彷彿，那怪異的味道只有自己能夠聞到！

午夜，歐陽劍華從床上翻起身，惱怒地把枕頭扔了出去。

快三天了，縈繞在身體周圍的氣味騷擾自己足足三天了！

起初，還以為是鼻子產生的錯覺，但現在，他可以清清楚楚地判斷，那股怪異的味道絕對是實質存在，只是沒有任何人能夠聞到罷了。

可怕的味道，只要自己一呼吸，那古怪的氣息就會順著氣管流入肺裡，那一剎那，彷彿整個肺部都爆炸了。明知道是錯覺，但是他卻不得不忍受每分鐘至少二十下的痛楚，於是他開始試著用嘴巴吸氣。

剛開始的時候還有點用處，但是半個小時後，似乎就連嘴巴也產生了嗅覺。不對，是那股味道，那討厭的氣息甚至傳染了自己的味覺，自己滿嘴都是怪異的滋味。

噁心的味道，無法形容，如果硬要打個比方的話，或許更像一個二十六歲以上新陳代謝旺盛，但是從來就沒漱過口的男子一早起來呼出的第一口氣，外加混合最最難聞的狐臭氣息。

那味道，光是想都要吐了，真不知道自己這三天是怎麼熬過來的。

那味道根本就是無孔不入，今天一大早，他去買了個防毒面具，戴上後，異味還是沒有消失。他被折磨得幾乎要瘋掉了！

不過很可惜的是，歐陽劍華只是快要瘋掉，還沒有瘋掉，圍繞的異味也毫無消失的徵兆。歐陽劍華赤著腳走下床，決定再去洗一次澡。

剛走入浴室，拉開浴室的門，突然，他的一切動作都唐突地停止了。那股味道，在頃刻間變得更加濃重。

他全身都在顫抖，是恐懼。就在那一剎那，他彷彿想到了什麼。對了，一般而言，口臭與狐臭的患者根本就不知道自己在發出臭味，因為他們根本就聞不到。

而那股味道，強烈到就算稀釋一萬倍，自己猛然聞到時都會噁心地吐出來。可是為什麼，那股氣味圍繞了自己那麼久，自己卻沒有任何生理上的反應呢？只是感覺討厭，大腦單純發出感覺到這股氣息的指令，可是周圍的人都沒有發覺過。

難道它根本就不存在？

不對！自己沒有精神上的疾病。那就意味著，這種味道和狐臭是同一性質，只是感受到的途徑反過來了而已，變成是自己才能聞到的氣味。

如果真的是這樣，是不是也就說明，那股氣味，根本就是從自己的身體上散發出來的？

歐陽劍華死死瞪著自己手上的皮膚。

他緩緩走到洗手間的梳妝檯前，從抽屜裡拿出一把刀片。鋒利的刀刃在昏暗的節能燈慘白的照射下，泛出寒冷的光芒。

他不由得打了個冷顫。自己究竟在想什麼？想要劃開自己的皮膚做個試驗嗎？

不知道是不是錯覺，他抬起頭，看到鏡中的那個自己居然在笑，僵硬的嘴角咧開詭異的笑容。右手上的刀片被牢牢握著，緩緩地向左手腕割了過去……

□

「表哥！」隔著警戒線，我老遠就向表哥夜峰打招呼，那傢伙冷淡地看了我和曾雅茹一眼，沒好氣地走過來，說道：「你這小子，怎麼哪裡死人你就朝哪裡跑？」

「死掉的那個人是我同學，還是關係很好的那種！關心同學難道也有錯嗎？」我委屈地扯過曾雅茹的衣袖，擦拭剛剛抹在眼瞼下的口水。

曾雅茹禮貌地向夜峰鞠了一個躬。

那位品性惡劣的表哥立刻「嘖嘖」的感嘆起來，「這位又漂亮又有禮貌的美女，該不會是小夜的新女友吧？勸妳不要和那小子走得太近，和他扯上關係的女性，特別是美女都沒什麼好下場的。」

開場白還算正常，可是沒幾句話就變味了，「還是首先考慮一下本人。我夜峰，二十六歲的有為青年，要不了幾年就可以爬上局長的位置。現在未婚，也沒女友，最近正誠摯地期待著與高中女生，演繹出一場轟轟烈烈的愛情故事！」

「還是那麼白痴。」我暗罵了一句，將已經石化的曾雅茹拉到身後，「這句話我記住了，回去告訴嫂子！」

「哈哈哈，開個玩笑而已嘛。小夜居然那麼見外！」表哥立刻尷尬地笑起來，一邊笑一邊像哈巴狗般，殷勤地抽出兩張電影票，「這是下禮拜才要上映的，據說是今年度的恐怖大片，請表弟笑納，還請以後在你嫂子那裡多多美言幾句。」

我暈！為什麼人才輩出的夜家，居然會出現這麼沒有大腦的怪胎？

雖然這傢伙比我大八歲，但是常常被我玩弄在股掌之間也就算他笨了，沒想到他居然會蠢得在一個知道自己底細的人面前，公然調戲自己表弟的同學，真是有夠白痴！活該都到了二十六歲才找到女朋友，還被那隻母老虎吃得死死的。

「聽說歐陽劍華自殺了？究竟是怎麼回事？」我不客氣地拿過電影票，往警戒線裡邊望了一眼。歐陽劍華家住的是一棟十七層高的電梯大樓，據說是在六樓。

表哥的臉色也嚴肅起來，他看了我一眼，不知道在想什麼，然後將我拉到一旁去，小聲問：「老實告訴我，你是不是又遇到什麼怪異的事情了？」

「沒有。」我搖頭。這倒是天大的實話，如果撇開今早發生的那件怪事。可那件事我至今都還不能判斷是不是錯覺，當然不會傻傻地說出口。

「那就奇怪了。」表哥撓了撓梳理得油光整齊的頭髮，看來有女友後，整個人就是不一樣了！至少不再像從前那麼邋遢，「你的那個叫做歐陽劍華的同學，死相實在不算好看。」

我皺了皺眉頭，「所謂不算好看，這種詞語太過廣義了，有沒有詳細一點的描述？」

「你要進去看看嗎？」表哥大度地拉開警戒線。這傢伙一臉奸詐，該不會認定事情和我扯得上關係吧？

我沒有遲疑，和警局裡認識的幾個人隨意打了招呼後，就拉了曾雅茹往裡邊走。

「這樣好像不太符合規矩吧。」曾雅茹有些害怕地緊緊抓住我的手，緊張地說，「電影裡都有演過，一般犯罪現場要警方確定採證完畢後，才准不相關的人員隨意出入。現在進去會不會被抓起來？」

我大笑，「妳三流連續劇看多了。一般情況而言，可能就像妳說的那樣。可這裡是哪裡？雅茹啊，妳要知道這個世界最講關係的就是中國人，只要有關係，別說犯罪現場，就算是太空船都能進去。」

曾雅茹可愛地嘟著嘴巴，哼了一聲，「得意啊你！語氣就像我死去的那個臭老爸。」

「喔喔，原來如此，難道妳有戀父情結，所以才會老是盯著像妳父親大人的我？」

我恍然大悟。

「去死啦！人家才沒有什麼戀父癖。」她滿臉通紅地掐了我一下，「更何況，人家才沒有老是盯著你！」

好死不死的，表哥夜峰嘻嘻哈哈地轉過頭，湊熱鬧道：「你們兩個的關係還真不是一般的好。如果不是男女朋友，本人就把名字倒著寫！」

「那你準備永遠倒著寫好了。」我一腳踢在他的屁股上。

在打打鬧鬧下，電梯很快來到了六樓。在B號房前停下，表哥敲了敲門，裡邊的人便將門打開。

「歐陽劍華死在自家浴室的浴缸裡。死亡的那一刻，居然還在笑。」表哥不由自主地打了個冷顫，「我是第五個進入現場的人，第一眼看到你們那位同學的時候，實在嚇了一跳。那種笑容非常詭異，根本就不是正常人類可以辦到的。

「第一個發現屍體的人是死者的母親，她像往常一樣早早起床做飯，洗漱的時候發現浴室的門沒有完全關上，就在她去關門時，看到了自己兒子的屍體躺在浴缸裡，雙眼死死仰望著天花板，手在水裡一蕩一蕩的。那個五十幾歲的女人立刻就暈了過去。」

我若有所思，「他老媽五十幾歲？算算應該是三十五歲時才生了他，應該生得很辛苦，畢竟是高齡產婦。看平時的樣子，家裡人應該很寵他才對。」

「沒錯。」表哥點了點頭，「忙了一整天，我們根本就找不到任何可以導致他自殺的原因。他家裡的人都順著他的脾氣，從小就像寶貝一樣就算含在嘴裡都怕化掉。他的個性據說也很樂觀。」

「嗯，我也這麼覺得。」我看了身旁的曾雅茹一眼，「我們都和歐陽劍華接觸過，我並不覺得他是個特別聰明的人，更不像那種聰明到有自毀傾向的白痴，我找不出他自殺的理由。你呢？」

曾雅茹想了想，最後也搖頭道：「他就算在追求楊心欣失敗後，也是屢敗屢戰，性格很豁達，而且不容易鑽牛角尖。相比而言，如果是吳廣宇同學自殺了，我還能夠理解，但結果是他，抱歉，我想不通！」

「看來我們的意見少有的一致。」我望向表哥，「屍體呢？房子的其他地方有沒有掙扎或打鬥過的痕跡？」

「完全沒有。」

表哥斬釘截鐵地答道：「所有的房間都很整齊，根據現場遺留下的證據，完全可以推斷出歐陽劍華是在午夜左右，因為失眠而走下床，很急躁地在房間裡走來走去，接著站在窗台前向外邊望了一陣子，最後徑直走進了浴室裡，站在梳妝台前照鏡子，然後就自殺了。」

來到了浴室前，表哥看了曾雅茹一眼。我立刻明白他的意思，「雅茹，妳去客廳裡等一下。」

「我也要看，怎麼說以前也是同學！」曾雅茹臉上有些蒼白，但依然固執地說。

「這位美女，死屍可不是那麼好看的。」表哥說話了，「妳要知道，有些屍體會因為體內消化道及腸道細菌腐敗的原因而發脹、發臭，屍體會膨脹、腐化、變色，而腸道因為腐爛而形成的氣體，更會把消化道裡的內容物推出體外，又髒又臭又難看！噁心死了！」

曾雅茹被嚇得全身都在發抖，臉色更加慘白了，但還是咬緊牙關，瑟瑟地道：「我，我要看。」

「那妳可不要後悔。」表哥也沒有再說什麼，拉開了浴室的門。

曾雅茹立刻「呀」的一聲，整個頭都埋進了我的懷裡。老天，根本就還什麼都來不及看到嘛，也不知道她在怕什麼！

浴室的地板上躺著一具赤裸的屍體。說是赤身裸體似乎也不怎麼合適，畢竟他還穿著內褲。只是早就看不出那條內褲曾經的顏色，或許是紅色，那條內褲，連同整個屍體本身都被染成了紅色。

鮮血做成的染料被水稀釋後，變得沒有那麼濃了，但是依然很紅，黯淡的紅，看來應該是不久前才從浴缸裡撈出來。

剛才在門外還不覺得，可一開門後，猛然有一股熏人的惡臭傳了出來。我下意識地捂住鼻子，可就是那一剎那的時間，也足夠我噁心到想吐了。

身旁的曾雅茹更是不堪，她乾嘔了幾聲，飛快朝外邊跑去，恐怕會把膽汁都給吐出來吧！

那股臭到可以稀釋一萬倍後拿去當香水的氣味流竄在空氣裡，只見表哥老神在在的，從容拿出一個便攜防毒面具戴上。

我憤怒了！這傢伙，居然沒有提醒過我那麼重要的事情，難怪剛才他的眼睛裡，老是閃爍著一種看好戲的惡毒神色。

哼，英雄不吃眼前虧，當我發現就算捂住鼻子也無法阻擋臭味的傳導時，很明智地立刻退了出去。從留守的員警那裡強行搶來一個防毒面具後，這才再次進入那臭氣熏天的魔域。

「小夜，那種味道像什麼？」表哥不懷好意地哈哈笑著。

我沒好氣地瞪了他一眼，那味道並不算陌生，「是屍臭。」

「確實是屍臭。沒想到吧，那麼臭的味道，居然是從一具死亡時間沒有超過十四個小時的屍體上散發出來的。」表哥看了屍體一眼，「這具屍體明明沒有腐爛的痕跡，卻可以發出那麼強烈的味道。夠古怪吧？」

「這已經不只是古怪了。就算再臭的屍臭，也不可能臭到這種程度！」我噁心地回憶著那種味道。

一般而言，所謂的屍臭，首先是體內消化道及腸道細菌腐敗的原因而發脹、發臭，最後屍體被外界細菌分解，再次形成臭氣。隨著身體上的水分越來越少，那種氣味就會越來越淡。但眼前這具屍體上的味道，已經不能算真正意義上的屍臭了。

我低頭打量起那具屍體。歐陽劍華的屍體上已經逐漸開始形成屍斑，但是最令人覺得奇怪的，是他的死法，他是用刀片將自己身體的皮膚一塊一塊剝下來的。

那些被剝下的皮膚還漂浮在浴缸裡，在水中一蕩一蕩的，令人不寒而慄。屍體上，雙手能夠搆到的地方，已經見不到完整的皮膚，但是切掉的肉卻很少，只有薄薄的一層皮。

我皺起眉頭，「他臨死前打過嗎啡，或者其他鎮定劑什麼的東西嗎？」

「在屋子裡沒有找到類似的東西，連安眠藥都沒有。」表哥疑惑地問：「為什麼這麼問？」

我死死地望著屍體發呆，「就一般人而言，有誰能夠在削蘋果皮時，只削一層薄薄的皮，而盡量少將肉削下來的？」

「只要小心，應該很多人都能做到吧。」

「那如果換成削自己的皮膚呢？」我問。

表哥頓時愣住了，「哪會有人那樣做？」

「你眼前不就有一個。」我蹲下身體，用戴著手套的手摸著屍體的手腕，「正常人的手會自然地有輕微抖動，特別是在劇痛難忍的時候，這並不關乎精神忍耐力的問題。

「只要痛，雙手就會拿不穩東西，可是歐陽劍華自殺的時候，明明是一刀一刀將自己的皮膚割下來，而且只割皮膚，連皮層下的脂肪都很少觸及到，這需要多大的忍耐程度？不對，那種刀法已經不屬於一個普通的高中生了，根本就是專業的外科醫生。」

表哥夜峰的大腦一陣轟鳴，他全身僵硬，好久才緩緩地道：「你的意思是，這是一起謀殺？」

「我不知道。」我苦惱地搖頭，「他的屍斑雜亂，恐怕是做過激烈運動。但至於是死前還是死後，要等屍斑更清楚以後才清楚。

「還有他的笑容！」我按著屍體的臉頰，像是想起了什麼，猛地抬起頭道：「表哥，盡快做屍體解剖！」

「他媽的，你究竟還發現了什麼？一起說出來。」表哥似乎也被我的發現弄得急躁起來。

「他臨死前露出的根本就不是笑容。」我的身體也開始僵硬了，身體因為大腦中偶然冒出的某個想法而微微顫抖，「或許，他在拚命地將某個東西吞下去，由於太痛苦太緊張也太急迫了，所有的表情交錯在一起，產生了像是笑容的假象……」

第七章 舊校舍（上）

「阿夜，我問你，一隻七十磅的章魚，為什麼可以穿過一個僅一枚銀幣大小的洞？」

第二天一大早，曾雅茹就蹦蹦跳跳地跑到我身旁，大聲問。

我頭也沒抬地答道：「因為牠們沒有脊椎。」

「好厲害！」曾雅茹拍著手，用心不在焉的語氣歡呼。

我瞪了她一眼，「妳想問什麼，直接問出來就好了。」

她尷尬地笑著，嘟著嘴巴撒嬌，「阿夜，你好沒有情調！」

「快問，不然我就要視心情看要不要回答了。」

「哼，真沒良心！先聲明，是你要人家問的喔，等下可不許笑人家！」她眨巴著大眼睛，遲疑了一下，這才道：「你說，那天晚上我們是不是真的把芭蕉精給請來了，所以歐陽劍華同學才會死得那麼詭異？」

「白痴，怎麼可能會有那種事？」我大笑，「先不說有沒有芭蕉精這回事，就算有，憑那種亂七八糟的方法也不可能請得來。

「退一萬步說，就算請來了，我當時也做好了善後工作。況且歐陽劍華的死因很奇特，是自殺還是他殺都有可能。妳少在那裡給我胡思亂想！」

「但如果不是因為芭蕉精，那他為什麼會死得那麼蹊蹺？」曾雅茹急了起來。

我滿不在乎地在她腦袋上輕輕敲了一下，「我有事實證明他的死和芭蕉精無關，而且那個事實，妳聽了應該會稍微高興一點才對。」

「都已經死人了，我就算再狠毒，也高興不起來吧。」她疑惑地問。

我笑了笑，「歐陽劍華的死亡，應該和一年多以前的『五克拉藍色項鍊連續死亡事件』有關。高興嗎？」

「不可能！」曾雅茹驚訝地站起來，居高臨下地死死盯著我的雙眼，「昨天我根本沒有聽過你表哥，提起有發現那條鑽石項鍊啊？」

「項鍊當然沒有找到。」我伸了個懶腰，「但是一年多以前因為項鍊死亡的人，都和歐陽劍華有些共同點。」

「哪些共同點？」

「是味道。每個因為項鍊而死亡的人，屍體在遠遠還沒有達到腐爛程度的時候，已經散發出不正常的強烈屍臭，而且那股味道幾乎都是一模一樣。還有一點，他們所有人都是自殺，雖然自殺的方法不盡相同，但皮膚全都有自行毀傷的痕跡。」

曾雅茹精神猛地一振，「你的意思是說，犯人又開始作案了？」

「當然，如果有犯人的話。」我皺起了眉頭，「雖然沒有在歐陽劍華的家裡找到那條五克拉的鑽石項鍊，但是我們可以假定，或許他是因為曾經接觸過那條項鍊，所以才會被兇手看中，殺掉。」

「我懂了。只要找出前一段時間，歐陽劍華時間表上奇怪的地方，或者他某些古怪的行為，順著那條線索，就可以找到項鍊，甚至是兇手？」曾雅茹說著說著，眼神猛地變得冰冷。

「而那兇手，應該就是造成姐姐失蹤的罪魁禍首。哼，那種人渣，我絕對會讓他血債血償！」

我苦笑著搖頭，這女人，看來怨恨已經壓抑在心裡，快到火山爆發的狀態了。只是，真的會有兇手嗎？唉，頭痛。

一年半前，那八起因為項鍊而死亡的自殺案，曾經引起過媒體的高度注意，警方和許多專業人士都一度相信，那根本就是一起連續謀殺案，可惜一直都找不出兇手的作案手法。

畢竟現場實在太完美了！所有人都是死在一個密閉的空間裡，門窗沒有強行出入過的痕跡，也找不到任何他殺的線索，一切的一切，都說明那些原本並沒有太多自殺可能的人，是自殺的。

歐陽劍華的死也是如此，排除他父母的嫌疑後，唯一的嫌疑人就只剩下他自己了。就算我在現場來來回回看了許久，還是什麼都沒有發現。

如果這件事上真的有兇手，那麼，兇手一定是個高智慧型變態，甚至，他根本就不是人！這個想法猛然間竄入了腦海，我不由自主地打了個冷顫。

不是人？那會是什麼？我苦笑著撓了撓鼻子。不知道歐陽劍華的驗屍結果怎麼樣了？

正想著，表哥夜峰的電話就打了過來。

我和他哈啦了幾句，立刻轉入正題。剛聽了不久，我就感覺一股寒意從腳底爬上了頭頂，恐懼的感覺硬生生地讓頭髮末梢都豎了起來。

放下電話，許久，我才回過身。

「出什麼事了？怎麼滿頭大汗？」曾雅茹趴在桌子上，擔心地望著我。她用柔軟溫暖的小手輕輕擦拭掉我額頭上的冷汗。

「歐陽劍華的驗屍結果出來了。」我緊張地一把抓住她的手腕，全身都在顫抖，「法醫在他的食道裡發現了一張紙條，是筆記本的一角，應該是在匆忙中撕下來的。上邊的字跡雖然很慌亂，但是經過鑑定後，判定是他的筆跡。」

頓了頓，我一字一句的緩緩說道：「上邊只有五個字。項鍊，舊校舍！」

頓時，曾雅茹的身體也僵硬了起來，她的聲音乾澀，艱難說道：「難道那條項鍊就藏在舊校舍裡？」

「有可能！」我激動地點頭，「說不定那條項鍊他不但找到了，而且將它藏了起來。兇手在殺他的時候，歐陽劍華機警地留下了這條線索。」

「我們立刻去找！」曾雅茹完全不管周圍的詫異視線，拉住我的手就朝門外跑。

我拚命地制止了她，「妳瘋了！現在可是白天，我們怎麼可能明目張膽進去？」

「但是如果警方——」她焦急嚷道。

我立刻打斷她，悄聲道：「警方最早也要明天才會去搜查舊校舍，我們有的是時間。今天白天準備一些必要的東西，過了晚自習再去好好找。」

「好吧！」曾雅茹稍微冷靜了一點，但精神狀態依然有些歇斯底里。

她將頭緊緊靠在我懷裡，身體微微顫抖，不知道是不是在哭。

唉！明早的校刊不知道會把這一幕寫成什麼慘不忍睹的樣子，我肯定會被她的一大群後援隊殺掉吧！

「夜不語，我好怕。」半晌，她才用虛弱的聲音說。她的語調在發抖，帶著哽咽的聲音斷斷續續，一副楚楚可憐的正常女孩會有的孱弱樣子。

「如果真的找到姐姐的屍體，我該怎麼辦？世界上，就只剩下自己一個人了。唯一企盼的希望都沒有，到時候，我真的不知道自己是不是還有勇氣活下去……」

「傻瓜。」我嘆了口氣，將她緊緊抱住，「孤獨不過是暫時的而已。只要活下去，就一定會遇到一個妳喜歡，而且也喜歡妳的人。那時候妳會有一個新的家庭，有新的親人，而且那個家會越來越大。那時候，妳就不會再孤單了！」

「真的？」曾雅茹長長的睫毛上殘留著淚水，她抬頭悄悄看著我，「真的會有人愛我，娶我，給我一個幸福的家嗎？」

「絕對會有的！」

「你發誓！」

「我發誓！」

秋風不知何時大了起來，似乎這個喧譁的世界上，只留下兩個緊緊擁抱著的人。心裡，卻沒來由的存在一絲不安的感覺。

其實還有一個可能我沒有說出口。

如果真有犯人的話，以他的犯罪手法，應該不會留下這麼大的破綻。說不定，一切都只是一場騙局而已……

□

夜，搖搖晃晃的來臨了。當然，夜色是不可能搖晃的，但在忐忑不安的心情下，似乎世界上的一切都在晃動。

又是個無星無月的暗淡秋夜。下了晚自習後，學校的燈逐一關閉，只有微暗的路燈散發著幽幽的光芒。

我看看手錶，已經是晚上十點半了，作賊似的小心翼翼，好不容易才避開燈光穿過操場，只見圍牆的門前，有個纖細嬌柔的美麗身影正焦急地徘徊。我笑著搖頭，這才靠了過去。

「怎麼這麼晚才來？人家都等你半個多小時了！」曾雅茹不耐煩地瞪著我。

唉，女人這種生物，特別是漂亮女人，總認為雄性生物等自己是天經地義的事情。立場稍微換了一下，不過是短短的半個小時，也變成可以拿來抱怨的理由，也不稍微想想那個人為什麼會遲到。

「準備東西花了一點時間。」我解釋。算了，誰叫我是全世界三十多億雄性生物中的一個呢，只有認了。

她一把拉過我的手，「快進去找！學校的早操時間是早上六點半，我們只有八個小時的時間。」

我皺著眉頭看了她一眼，「妳，不會是想找一整個通宵吧？」

「沒錯，一直到找到為止，不然我不會甘休的！」她的臉上流露出一種堅毅，看來是已經下定決心了。

我心不在焉的「嗯」了一聲，向進入舊校舍的小門望去。門上的鎖還像前幾天那樣被扔在地上，似乎還沒被人發現。沒有過多的遲疑，我推開了門。

就在那一瞬間，一股冰冷徹骨的陰寒氣息從門的另一側吹了過來。

我和曾雅茹不由自主打了個冷顫。好不容易定下心，將頭緩緩伸入門中，往裡邊望去，只見樹影婆娑，整片芭蕉林都在風中搖晃。

乍看之下，似乎和那夜看到的景色沒什麼太大分別，但大腦中卻不斷在敲響某種不明信號，總覺得這片芭蕉林，有什麼地方不太一樣了！

「怎麼會這樣？」曾雅茹吸了一口冷氣，渾身顫抖地緊緊靠向我。

「發現了什麼？」我不解地問，女孩子天生比較細心，或許發現某些我不能確定的不安因素。

她伸出手向前指了指，「阿夜，你看那些芭蕉樹。」

我順著她指的方向看去，「沒什麼……啊！」

昏暗的光線中，隱約覺得芭蕉樹的顏色似乎不太對勁。按開手電筒，一道強烈的光圈立刻照亮了附近的環境，四周頓時清晰起來。

這一下我才明白，剛才自己為什麼會下意識地覺得有問題。

果然是芭蕉樹的顏色變了，前幾天原本還充滿了勃勃生機的翠綠色葉子和枝幹，現在全部鬆垮垮的垂著，如同老人臉上的皺紋，顏色也變成死氣沉沉的灰褐色，甚至乾枯。

如果這樣的情況出現在少數幾株身上，絕對不會令人吃驚，只是眼下，目光所及的範圍中，所有的芭蕉樹都是那種病懨懨的樣子，彷彿所有的生命力都被某種東西吸走了。

「怎麼會這樣？」我滿臉掩飾不住的驚詫，「前幾天來還是好好的。」

「是不是生病了？」曾雅茹的雙手冰冷，恐懼地看了我一眼。

我不置可否，快步走到最近的一株芭蕉樹前，從背包裡掏出為以防萬一而帶來的刀子，用力在樹幹上割了一條很深的口子，樹的枝液流了出來，是透明的顏色。

我用手指沾了一點湊到鼻子前聞了聞，並沒有嗅到任何奇怪的味道，再認真地檢查了樹葉的狀態，雖然大多都枯黃了，可是卻沒有染上蟲害的徵兆。

奇怪了。

我皺起了眉頭，用力搖頭，「太奇怪了！芭蕉樹本身並沒有蟲害，沒有生病，狀態很正常。而且也不像是被人下毒，怎麼會突然就變得要死不活呢？」

曾雅茹也是大為不解，可她似乎不太願意在這個問題上浪費時間，「阿夜，我們快點去舊校舍，再耽擱就要十一點了！」

不知為何，視線接觸著這些乾枯的芭蕉樹，內心總是隱隱感覺不安。似乎這一切和某些東西有著某種關聯，可大腦裡偏偏一片混亂，就是無法將紛雜的東西湊到一起。

我嘆了口氣，也只能放棄，畢竟今晚的目的是要找到那條鑽石項鍊，或者曾雅茹姐姐失蹤的線索。

之前曾經提到過，舊校舍在芭蕉林的前邊，而更前一點則是小半個操場。由於被圍牆圍起來的緣故，在這個特定的環境裡，反而變成最中間的位置。

芭蕉樹並不高，所以三層接近六公尺的舊校舍看起來像是密林中的怪獸，在陰暗的夜色裡，拖拉著一動不動的詭異影子，靜靜待在它該在的地方。

可是不知道從什麼時候起，芭蕉樹開始飛快地繁殖，最後將舊校舍整個包圍起來。

走在這個毫無生機的密林裡，氣氛是說不出的恐怖。四周由於都是樹，光線也只能靠著手電筒，能見度並不高。乾枯的葉子垂在地上，越是朝著舊校舍的方向，死亡氣息越是濃烈。

那股死氣甚至成為了液態，攪動在原本就很陰冷的空氣中。令我每走一步都膽顫心驚。總覺得，四周的樹叢裡會突然冒出一個什麼來。

曾雅茹緊緊抓著我的手，她身體從進入這個恐怖的地方開始，顫抖就沒停過。我有些不忍心，一把將她拉過來，將她整顆頭都埋在自己懷裡。眼不見為淨，只要看不到，恐懼感應該會降低不少吧。

小半個操場的直徑，應該不會超過五十公尺，一般快跑最多七秒多，就算女人最慢也只需要十幾秒，可我們足足走了有二十分鐘，有些地方密到走不過去，還好我有帶刀，也還好芭蕉樹很脆弱，一砍就倒了。

就這樣遇路開路，好不容易才走到舊校舍前。

一來到這裡，我又是一陣驚嘆。繁殖能力那麼強的芭蕉樹，居然在距離那棟古舊的建築周圍五公尺處就唐突地消失了，便是根部都沒有一根延伸過去。

「到了。」我拍了拍還賴在自己懷裡的曾雅茹。

過了幾十秒，她才小心翼翼伸出頭向前望了一眼，然後她「咦」的一聲，說道：「這些芭蕉樹還真奇怪，寧願拚死拚活地擠在一起，把所有的空間都佔領光光，可是偏偏留下這麼大塊地方！」

我低下身體，摸了一把土湊到眼前看了看，才道：「看清楚，那塊地方不但沒有芭蕉樹，就連生命力頑固的雜草也沒有。有夠奇怪的，土質明明還算好嘛！」

「搞不懂植物這種沒有語言和行動的生物。」曾雅茹偏過頭，可愛地聳了聳自己的鼻子，像是想到了什麼。

「對了，阿夜，據說這個舊校舍是七十幾年前的老古董，二戰的時候，聽說日本人佔領許多醫院和學校，秘密地進行慘絕人寰的生化試驗。會不會就是因為試驗留下的物質，所以害得這塊地方寸草不生？」

「妳啊，怎麼想像力老是能那麼豐富。」我忍不住笑起來，在她額頭上輕輕點了一下，「先不說這個城鎮根本就沒有被日本人打進來過。就算有，這裡還能當教學樓嗎？

「妳想想，如果真有殘留物可以讓草都無法生長，脆弱的人類早就受到影響了，那時候應該一大群一大群的生病或者死亡才對，但這麼多年來，有聽說過舊校舍出現那種情況？」

「也是哈。」她不好意思地學著我撓鼻子，「不管了，先進去再說。」

她做出前進的姿勢，卻竄到我身後，用力推著我向前，最後整個身體都快趴到我背上。我無奈地當她的擋箭牌，很快跨過五公尺了無生機的地帶，來到木製的樓簷下。這棟全木製造的三層建築，經歷了七十多年的風風雨雨，至今都還很堅固的樣子。我這才稍微放心，望向大門的位置。

兩扇對開的樓門用鏈子鎖緊緊鎖著，這我也早考慮過了。慢吞吞地從背包裡掏出一把鉗子，剛稍微用力，就聽見「喀嗟」一聲，看起來還算結實的鐵鏈就這樣斷成了兩截。十幾年的時間摧殘，果然是檢驗品質好壞的最佳標準啊。

「準備進去了。」我回頭說。

曾雅茹緊貼著我的背點頭，「早就準備好了！」

「那好。」我用力吞下一口唾液，解開鐵鏈，粗魯地向前踢了一腳。

「嘎嗟」一陣刺耳沉悶的悶響久久迴盪在空氣裡，舊校舍的門緩緩開啟了。隨著左右兩邊的擴展越來越大，一個黑洞洞的地方呈現在眼前。

感覺一股涼風撲面吹來，帶著濃重的灰塵和某種怪異的氣息遊蕩在四周。我的雙眼死死盯著前方，眼前那個陰暗無比的洞口怎麼看都像是個不明生物的食道，周圍竄動的壓抑感令人全身都很不舒服。

但不管怎麼恐怖，該進去找的東西還是要去找，既然來了，就已經沒有退路了。

我用手電筒向裡邊胡亂照了照，深深吸了最後一口還算新鮮的空氣，緩緩地，一腳向前踏了出去……

第八章 舊校舍（下）

黑暗的四周，古舊的木地板踩踏上去，發出了「吱嘎」的刺耳聲音。

我瞪大眼睛望向附近的景物。

這棟舊校舍在外觀上還看不出來，但一進來視線就變得開闊。裡邊的格局略微摻雜著歐洲建築的風格，看來當時的設計師並不是泛泛之輩。

大門正對著向上的樓梯，處於最中間的位置。左右是分割成兩段的一排教室。十多年前這裡就作為高中部的教學大樓，直到淘汰為止。所以樓層的分配上和現在的制度差不多，都是由低年級到高年級，高三在最頂樓。

中國人一向都很多，適齡兒童當然不少。

在十幾年前那個時期的高中，雖然學生來源並不是很廣，但是也足夠可觀了，光是看教室就能明白，那時候每個年級至少有六個班級，每個班級有四十幾個人。

相對現在高中部僅僅一個學校，就多到一個年級十幾個班，每個班六十到八十人不等的情況，人數少了很多。

但撇開人數問題，光是算算舊校舍的課室，我就覺得頭痛。

三個年級共十八間教室，再加上各種活動室，大大小小超過了二十五間，而我們要找的線索，或許就在這二十五間的其中一間或者多間裡。

二十五間，乍看之下數目似乎不太多，可仔細想想就會明白，畢竟要找的可不是什麼大活人這種東西。

線索這類玩意兒並不會一目了然地擺在那裡，更不會大叫著引起人注意，而是需要用心調查。

一調查就會花費時間，特別是在這個沒有明亮光線的地方，許多細節都可能被隱藏在黑暗裡，這樣就更花時間了，必須每間教室都認真查找，就算順利，到天亮似乎也弄不完吧！

為什麼之前自己偏偏把這麼重要的問題忽略了呢？

我站在樓梯口，左右注視著，舉步不前。

曾雅茹奇怪地問：「阿夜，你怎麼老是待在這個地方？」

「想用一個晚上來找那麼縹緲的線索，我們是不是太天真了？」我皺眉。

曾雅茹用手捂住我的額頭，笑道：「阿夜，常常皺眉頭，用不了多久就會變小老頭的哦。」

「看來妳心情不壞嘛，剛才的害怕哪去了？」我哼了一聲。

「要你管，本姑娘義膽雄心，怎麼可能有害怕這種低俗的情緒。」她嘟著嘴，也開始打量四周，「阿夜，那張紙條，真的是從歐陽劍華同學的食道裡取出來的嗎？」

「沒錯！表哥沒理由騙我。」我轉過頭問：「那條項鍊，妳見過嗎？」

「當然看過。」曾雅茹回憶道，「五克拉的鑽石，鏤金的鍊子，真的好美。最奇特的是那顆鑽石，整顆鑽石都泛出淡淡的藍色光芒，彷彿裡邊有個嶄新的世界似的，只要看過一眼，它的影子就會永遠映在腦海裡，想忘都忘不了。

「我記得那條項鍊是由快遞送到姐姐手上的，姐姐聽過它的傳說，但她也不過是個普通愛美的女孩子罷了，心裡掙扎了一個晚上，第二天一早還是將它戴在脖子上。」

「看來女人對於鑽石果然沒有一絲抵抗力，那麼危險的東西，只需要掙扎一個晚上就不怕死地戴上。真不知道該怎麼形容才好。」我嘆氣。

「阿夜，你不是女孩子，當然不會知道女孩子的心理。那麼美的東西，只要是雌性生物，恐怕就沒辦法抵抗吧。

「何況這世界上危險的珠寶本來就不少，但是它們照樣不缺主人啊。」曾雅茹不屑地偏過頭，「譬如稱為『創世者之眼』的那顆黑鑽石，據說每個擁有它的人都跳樓自殺了，但為了擁有它而寧願傾家蕩產，不要命的人還是大有人在。你當他們都是瘋子嗎？」

The Eye of Brahma，所謂「創世者之眼」的黑鑽，這名字我還是有所耳聞的。

相傳原來是印度朋迪榭里的印度教神像「梵天」（Brahma，創造之神）的眼睛，被一名僧侶摘除後流落在外，據說從此之後，持有這顆黑鑽的人便被下了詛咒，無獨有偶，最開始的幾個持有人最後都跳樓自殺。

可追溯的三人分別是：十八世紀俄國公主納迪亞和李奧妮拉，據傳兩人在一九四七年自殺；而將這顆鑽石進口到美國的紐約珠寶商帕里斯，也在黑鑽賣出後不久跳樓自殺。

「創世者之眼」又稱為「黑色奧洛夫」，傳聞雖然不可考，但是因為這樣的傳奇性，讓它成為珠寶界中一顆名鑽。

「創世者之眼」從神像上摘除時原重一百九十五克拉，為了破除傳說中的詛咒力量，被分割成三塊，輾轉被民間收藏家收藏，直到一九九〇年才在紐約的拍賣會上重新出現。

據稱黑鑽分成三塊之後的擁有者都躲過了詛咒。

目前的擁有者佩帝梅薩山斯說：「二十世紀中期，媒體稱它是『邪惡死亡寶石』，但是我從不覺得擁有『黑色奧洛夫』有什麼好緊張的。」他還說，過去一年他盡力找出有關這顆寶石的歷史和傳說，「我很有信心，詛咒已經破除了。」

但詛咒是不是真的破除了，誰又知道呢？

去年在倫敦展示了這顆鑽石的其中一部分，重量為六十七點五克拉。

展覽主辦方說，「黑色奧洛夫」帶來的傳說，突顯了千年來鑽石吸引人們想像力的力量，這顆寶石的美麗和邪惡都增添這場展覽的可看性。

當時確實有許多有錢的富婆，為了這顆舉世聞名的鑽石，透過明裡或者暗裡的手段要求購買，甚至不惜傾家蕩產。

那時候我就曾經驚嘆女人的購買慾望，以及對鑽石的執著。

想一想，就算那些富婆清清楚楚，知道那顆鑽石會令自己死於非命，恐怕她們也會從容地將它戴在脖子上，叫上攝影師來拍個夠，然後等死。

而那條五克拉的藍色鑽石項鍊對女人的吸引力，不也正是「創世者之眼」的翻版嗎？

我依然有種無法理解的感覺，無趣地搖搖頭，想了半晌，才問：「妳知道那顆藍色鑽石是用什麼做成的嗎？」

「當然知道，這些都有在化學課上學過，碰巧我是好學生，還稍微記得一些。」曾雅茹咳嗽了一聲，學著教化學那個小老頭到處噴口水的聲音說道：「所謂鑽石，是世界上最硬、成分最簡單的寶石，它是由碳元素組成的，具立方體結構的天然晶體。

「碳元素在高溫、極高壓及還原環境，通俗來說，就是一種缺氧的環境中結晶成珍貴的鑽石。

「雖然理論上，鑽石可形成於地球歷史的各個時期和階段，不過目前所開採的礦山中，大部分鑽石主要形成於三億年前，以及十二到十七億年這兩個時期。

「鑽石的形成需要一段漫長的過程，所以喜歡鑽石的女士們，妳們瘋狂鍾愛上的東西不過是身體裡呼吸出來的骯髒垃圾罷了！」

說完她自己像是找到了笑點，哈哈笑了起來。不知為何，自從她進來這個舊校舍後，精神狀態就一直不穩定，大喜大悲的，實在有些令我摸不著頭緒。雖然她平常也看不出哪裡正常了，但是現在，絕對不算正常。

我盯著她，緩慢地說：「那妳知不知道美國一家叫做 LifeGem 的公司？」

她疑惑地搖了搖頭，不知道我究竟想告訴她什麼。

「這是一家還不算很出名的公司。幾年前，他們開發出一種人工合成鑽石的技術。該技術能從骨灰中提取碳，合成藍色或者黃色的鑽石，希望能用這樣的方式來緬懷逝者，用光燦鑽石的永恆來代替灰暗冰冷的骨灰盒。」

曾雅茹不可思議地瞪大了眼睛，渾身發抖，許久才用乾澀的語氣道：「你不會是想說，那顆鑽石就是從某個人的骨灰裡提取出來的吧？」

「很不幸，妳猜對了！」我點頭，「從看到那顆鑽石的第一眼我就認出來了，只是一直都來不及告訴任何人罷了。」

「那，究竟是誰的骨灰？」她驚訝地捂住嘴。

「我怎麼可能知道。」我苦笑起來，「按照那家公司的定價，越大顆的骨灰鑽石越昂貴。

「五克拉的藍色鑽石，每克拉至少價值一萬一千二百九十九美元，加上其餘的費用，一共需要接近八萬美元左右，這遠遠不是一個普通人家能夠負擔得起的，更何況是普通的高中生？但假如是張可唯那個富家公子就不同了，只有他的零用錢能夠買得起。」

「你的意思是，那條項鍊上的鑽石，是出自張可唯的某個親人？」曾雅茹遲疑地問。

我搖頭，「注意了，我剛剛說過是零用錢。一年多以前發生一連串死亡案件時，我就調查過張可唯全家。他家成員非常簡單，除了爺爺、奶奶外，就只有父母，而他又是獨生子，那段時間他周圍根本就沒有親人過世。」

「那骨灰是從哪裡來的？」曾雅茹大為不解。

「這就是問題所在了。」我思忖了一下，「當時我也不太明白。但至少可以判斷，既然他就算那人死亡了，也要把那人的骨灰戴在脖子上，那麼他和那人的關係應該很親密才對。」

曾雅茹眼前一亮，「情人關係？」

「有可能。」我有些感嘆，為什麼女人對於這些八卦，總是可以有非常靈敏的反應？無奈地想想，我又道：「可問題又來了，他的情人是誰？那個時候，並沒有聽過他和誰在交往。」

曾雅茹嘆了口氣，「我們也不可能知道了，畢竟他人都已經進了棺材。」

不置可否地笑著，我暗自決定了某些事情，便往舊校舍一樓的左邊走去。時間已經快十一點半了，也應該開始工作了。就算再難找的線索，只要認真，應該也不難發現才對。

如果真的是有線索的話……

舊校舍的一樓一共有六間課室、一間洗手間、一間器材室和一間員工辦公室。教室如果將正中的樓梯當作分界的參照物的話，剛好是一邊三間。

左邊第一間掛著1—3的牌子。

我推開老舊的木門走進去，手電筒略帶橙色的光芒照射在地上，似乎在微微顫抖。課室裡整齊地擺放著桌椅，一如十幾年前還在使用時那樣，只是地上和桌上都覆滿了灰塵。

像是想到些什麼，我向後退了幾步，回到走廊上，然後仔細看著地面，越看眉頭皺得越緊。

「你不會是發現什麼了吧？」曾雅茹對我流露出的表情有些意外。

我認真地點頭，「確實發現了一點不尋常的地方。」

「真的！」她立刻雀躍起來，「快告訴人家。」

「其實也沒什麼。」我撓了撓後腦勺，「剛才進舊校舍的時候，妳有沒有注意過地上？」

「當然有，人家可不會那麼沒用。」她老實地回答。

「那有沒有發現地上的腳印？」我問。

「怎麼可能！我看得清清楚楚的，地上哪有腳印，就連灰塵都不多……」說著，她全身一震，緩慢地看了我一眼，「奇怪了，如果真的十多年沒人進來過，怎麼可能沒灰塵？」

「聰明。」我誇獎了一聲，用手在走廊的地面刮了一下，然後仔細地看灰塵，「這些都是新灰，恐怕有人最近才打掃過。只是他打掃得不太徹底。」

再次走進課室，我笑著指向室內的地面道：「至少這個不負責任的傢伙，根本只打掃了走廊，裡邊的房間幾乎沒碰過。」

「但是舊校舍的大門，明明就是一副很多年沒有打開過的樣子。」曾雅茹略微有些苦惱。

我微微一笑，「何止舊校舍的大門，就連圍牆那道鏈子鎖的狀態，也是十多年沒有人碰過了，不過，這並不矛盾。圍牆和校舍可能都有另外的出入口。仔細想一想，我們倒是省掉了許多麻煩。」

「也對。」曾雅茹也笑了起來，「只要我們去找灰塵少的房間，或許就能有些收穫了吧。」

「不光是打掃乾淨的房間，進去的時候也要多注意地面。如果有腳印或者人為移動的痕跡，灰塵上都應該會留下什麼線索才對。」

我掃視了這間教室片刻，沒有發現可疑的地方便退了出來，說道：「直接到下一間去。這樣一來，我們的搜索速度可以加快許多。」

曾雅茹緊緊拉著我的衣角走在後邊，手裡的手電筒因為顫抖而晃動得十分嚴重。我一間一間地將一樓的房間打開，不厭其煩地掃視地面有沒有留下特殊的痕跡。有了適當的方法，速度確實加快不少。但是將一樓搜索完畢，也花了接近半個小時，就快要午夜十二點了。

用力揉了揉有些酸痛的眼睛，我們登上樓梯準備到二樓。

蒼老的木質階梯在踩踏下發出沉悶的聲響，聽得我的心都懸了起來。雖然自己並不常看三流的恐怖電影，但畢竟還是看過，耳聞目染下，心底稍微有些毛毛的，總覺得全身的寒毛都半豎著。

我恐懼的絕對不是非人的某些東西，而是怕這該死的已經使用了七十幾年的樓梯，會在這個不適當的時段，因為禁受不起兩個人的重量而垮塌掉。

走了一小段，我實在忍不住了，向身後問道：「聽說最近女中生流行減肥，真有其事吧？」

「問這個幹嘛？」曾雅茹不解。

「當然是有原因。」我乾笑了幾聲，「不知道一般身高一百六左右的美女，平均體重是多少？妳知道嗎？」

「應該四十公斤左右吧。」雖然不解，她還是心不在焉地答了。

「那如果是像妳這樣的大美女呢？」我問出了最終目的。

她有些警覺，「你問這個幹嘛？」

「當然絕對是有原因了……」我斬釘截鐵的話語還沒有落下，就聽到樓梯下邊傳來一陣「喀嗟」的斷裂聲，頓時寒毛全都嚇得落了回去，全身的肌肉緊張起來，有生以來第一次馬力全開，拉著曾雅茹的手就朝上邊一陣猛跑。

似乎過了一個世紀，當我們氣喘吁吁地站在二樓喘息時，她才氣惱地斷斷續續說道：「你，幹嘛，要跑！」

「妳沒聽到樓梯都快斷了嗎？不跑難道等死！」我也氣不打一處來，用手指著樓梯道。

「哪有！我怎麼什麼都沒有聽到？」曾雅茹好不容易站直身體，向樓梯望去，「哼，你耍我，根本就沒事嘛！阿夜你是不是害怕得開始神經衰弱了？」

見她用古怪的眼神盯著我，為了證明自己的正確觀點，我惱怒地也望向樓梯，但立刻就愣住了。

確實，樓梯完整得就像感情深厚的大學同學，階梯一層一層，緊密堅固，完全沒有折斷過的跡象。

「剛才明明就有斷裂的聲音。妳真的沒聽到?」我呆立在原地許久,遲疑地問。

「絕對沒有,我發誓!」她說得很肯定,沒有絲毫開玩笑的樣子。

奇怪,剛才真的是我的幻覺?不可能,自己明明聽到一陣斷裂聲,非常的大,而且聽起來不像僅僅斷裂幾根木頭那麼簡單,就彷彿整個階梯都垮掉了。

木頭崩落地面的聲音十分立體逼真,那種強烈的壓迫感也衝擊著自己的身體,逼迫自己的大腦不得不接受有巨大危險的這個虛假資訊。

但,那個資訊真的是虛假的嗎?還是其實樓梯真的垮掉了,眼前完整無缺的景象才是真正的虛假狀態?

為了確定,我小心翼翼地用手拉住附近的扶手,將腳伸出一隻,緩緩地接觸最遠處的階梯。觸碰到了,觸感很真實。

難道那聲音真的只是自己因為緊張產生的幻覺?

「阿夜,你沒事吧?」曾雅茹默默地看著我那一連串古怪的動作,好半天才關心地問。

「沒什麼。」我用力搖了搖頭,決定將這件事暫時放到一邊,「開始搜索二樓吧。」

二樓的格局基本上和一樓差不多。同樣是六間教室,一間辦公室,一間洗手間,只是器材室換成了音樂室。

依照和一樓一模一樣的順序，我們很快就將教室查看了一遍。來到了洗手間前。

「照舊。」我和曾雅茹同時深深吸了一口氣，分別走入了左右兩邊。

左邊是男廁所，是我要搜索的範圍。

說來氣憤，本來這個已經停用許多年的洗手間，早就沒有什麼值得避嫌的地方，何況兩個人在一起，絕對比一個人獨自行動安全好幾倍，可是曾雅茹那傢伙就是不肯妥協，她老是咬著這句話——男生進女廁所很不吉利，何況裡邊有許多東西都不方便被男生看到。

真不知道她所謂不方便的東西是什麼？說得我這個老實的十八歲男子漢，好像完全沒有進過女廁所一樣，哼哼，實在是太小看我了。

這個地方沒有廁所原本應該有的臭味，畢竟已經空置了那麼多年，就算有也差不多分解掉了。我向四周看了一下，稍微覺得有些奇怪，對了，從進來到現在，自己完全沒有看到過蜘蛛網。

開始的時候還以為是被哪個神秘的清潔工清掃掉了，但是每到一個地方，就算是完全不可能有人跡光臨的角落，那些屬於蜘蛛們的天堂，也沒有看到任何網狀絲絡。

何況上一次這裡被打掃至少也是一個多月以前，地上的灰塵已經又積了不少，而生命頑強、性格固執的蜘蛛卻依然連個影子都沒有。

不光蜘蛛，就連秋天的兩大特色：蚊子和蒼蠅，在進入這個舊校舍後也完全絕跡。

這一點，究竟和校舍外片草不生的特點有沒有什麼直接的關聯呢？難道，這個舊校舍真的有某些自己還沒查到的特異之處？

手電筒的光芒略微有些暗淡了，畢竟進入這裡已經超過一個小時。還好為了以防萬一，我帶了足夠的電池。

廁所裡，七十多年前的洗手台是用水泥直接砌起來的，一條直線型的水溝，水槽以上三十公分是一排水龍頭。

我隨手擰了擰，水喉發出一陣陣刺耳的聲音，但沒有水流出來。如果真要流出來我倒是要覺得奇怪了，畢竟廢棄了那麼久，斷水斷電才是正常的。

洗手台正上方的牆壁上貼著一面大鏡子，早就變得十分骯髒。我用手將上邊一小塊地方的灰塵抹去，鏡中的景物依然看得不太清楚。

昏暗顫抖的光亮下，鏡中的自己彷彿露出怪異的微笑。我輕輕撫摸著自己的臉，突然，鏡中自己的臉上似乎有什麼掉了下來。

我下意識地低頭看向地上，什麼都沒有。耳中也完全沒聽到東西碰撞地面的聲音。我猛地打了個冷顫，搖搖頭，準備向外走。

就在這時，一股尖銳的聲響唐突地傳來，是鋼琴的聲音。那聲音，就如同人類最痛苦時發出的撕心裂肺號吼，聽得我耳膜都快破了。

毫不猶豫，我立刻衝出洗手間，向音樂室的位置跑去。整個舊校舍就只有我和曾雅茹兩個人，但我相信，她應該不會那麼無聊的去彈鋼琴，何況彈出的聲音還那麼恐怖。

那麼，唯一的可能，就是有另外一個人出現了。

第九章 階梯

鋼琴的聲音，在自己的心目中一直都代表著沉穩，但是那種尖銳的彈奏，真的完全打破了我內心中一直以來的好印象。畢竟自己也算是稍微會彈鋼琴的人，雖然彈奏的水準不算高，但也勉強能夠入耳吧。

但那種聲音，我完全不知道是用高音的哪個調子混合出來的，就像誰用拳頭在琴鍵上猛力敲擊，震耳欲聾。

沒多久就來到了音樂室門口，大門是緊閉的，我用力一腳踢開，巨大響聲中，門「喀噠」一聲撞到牆上。裡面，一個人也沒有。

我皺眉，往前踏出幾步，將整間音樂室的狀況收入眼底。

這是個大約有五十幾坪的房間，像教室一般擺放著大約六十張椅子，講台位置擺放著一架老舊到極點的大鋼琴。

鋼琴的蓋子翻開著，但是卻積滿了灰塵。我幾步走過去，仔細盯著琴鍵看。恐怕是十幾年前封校舍時，鋼琴就是這樣子吧，看上邊的灰塵，應該許多年沒有人碰過了。

那剛才自己聽到的聲音，又是從哪裡發出來的？那確確實實是鋼琴聲，毋庸置疑，但是整個二樓，有鋼琴的就只有這個地方。

略微思忖了一下，我從背包裡掏出鉗子，將鋼琴的後蓋硬生生掀開。只看了一眼，整個人都愣住了。

琴弦上累積的灰塵已經被彈開，是最近有震動過的跡象。不對，甚至不用考慮最近，根本就是剛才。

我伸出手去摸琴弦，自己居然能夠感覺到微微的顫抖。很明顯，剛才的聲音絕對不是幻聽，的確是有人透過某種手法在不接觸琴鍵，不用掀開後蓋的情況下，準確地演奏了那一尖銳刺耳的曲目。

只是，究竟他用的是什麼手法？而他又是怎麼進來，又怎麼在引起自己注意後逃走的呢？完全沒有絲毫的頭緒，我檢查了音樂室的前後兩道門，除了前門有被我撞開的痕跡，其餘通通都已經十幾年沒有敞開過了。

各扇窗戶也沒有出入過的跡象。室內的灰塵很厚，除了我的腳印外，並沒有其他人走過的印記，也不像是有暗道的樣子。

實在太古怪了！突然想起不久前只有自己能聽到的樓梯倒塌聲，我不禁打了個冷顫。難道這個老舊的地方，真的有某種未知的神秘力量？

突然想到自己似乎遺忘了某些東西，細細回憶了一下，才猛地發現，自己居然將曾雅茹一個人丟下了。只是那麼巨大的聲音，只要是人，就算智商再低，聽到了都會下意識地朝這個方向跑過來才對。

為什麼到現在還沒有見到她？

我疑惑地急忙跑回洗手間門前，試探地叫了幾聲，沒人回答，心一橫，咬牙走進了女生廁所。

裡邊所有的隔間都被人打開過，應該就是曾雅茹的手筆，但是現在卻空無一人。她究竟去了哪？以她的膽量，應該不可能獨自跑去調查什麼線索。那麼，也就意味著她是因為某種特殊的理由，在來不及叫我的情況下離開的。

這個女人究竟要幹嘛？我惱怒地一拳打在對面的鏡子上，微弱的光線下，鏡中的自己居然如同水中倒影一般，泛起一層又一層的漣漪。

不管怎麼樣，總之要盡快將她找出來。這個鬼地方，恐怕並不像想像中那麼人畜無害。於是我用手電筒照著地上，想要找出些微的蛛絲馬跡。順著淺淡的腳印，開始步上樓梯，向三樓走去……

□

雅茹走進了女生廁所，由於沒有外來光線，這裡非常黑暗。她將手電筒的光圈擴大了一點，以便能看到更大的範圍。這個地方比一樓的廁所稍微乾淨一點，沒有什麼異味，畢竟怎麼說也廢棄十幾年了。

獨自一人老是感覺害怕，雖然明知道有個人就在離自己直線距離不到一公尺的隔壁，她深吸一口氣，按照從右到左的順序，緩緩將所有隔間打開。

七十幾年前設計的校舍，當時廁所不是用馬桶，而是按照中國人的習慣，用蹲式便器。便器上原本雪白的瓷磚已經變成灰褐色，有的槽裡甚至積滿了灰塵，看起來滿噁心的。

雖然明知道不會有異味，但她還是下意識捏住了鼻子，強壓下心裡反胃的感覺。好不容易才檢查完畢，依然沒有發現任何可疑痕跡。

曾雅茹準備離開，轉身時順便向正面的大鏡子看了一眼。突然，她發現鏡子上居然有一個手掌印。

血紅色的手掌印，甚至連指紋都清晰可見。她提起膽子，好奇地走上前去準備看個清楚。那掌印很老舊，主人應該是個女孩子，畢竟手掌的大小和自己的差不多。

曾雅茹看了看右手，自己也不知道為什麼，就將手掌貼到那個掌印上。居然，一模一樣！

她只感到心臟猛地劇烈跳動，幾乎要蹦出胸腔，呼吸也急促起來。她緊張地收回手，將手電筒的光芒直直射在鏡子上。

許久，她才緩慢地搖頭，似在自我否定，「不可能，一定是巧合。女孩子手掌大小一樣的人多到天上去了。」

曾雅茹再次深呼吸，確定似的在掌印的右邊小心地印下自己的手掌。手緩緩地離開鏡面，掌印清晰地落在灰塵上。她猛地發現，不論指紋還是掌上的紋路，居然和那個暗淡的血手印一模一樣。

這怎麼可能！

曾雅茹嚇得幾乎無法呼吸了，她逃跑似的奪門而出，恐懼地大叫夜不語的名字，可是對面的男洗手間並沒有傳來任何回答。

四周一片死寂，就連蚊蟲的嗡嗡聲也聽不到。靜，非常靜，安靜得甚至可以聽到自己的耳鳴。她快要在這種靜悄悄中崩潰了。

「臭夜不語！死夜不語！居然敢把人家甩掉，一個人不知跑去哪裡了。等找到你，看我怎麼報仇！」她喃喃自語，希望能稍微減輕自己哪怕些許的恐懼感，但似乎沒有任何效果。

然後，她聽到一陣沉重的腳步聲，聽起來像是誰在攀爬樓梯。其間，還夾雜著某種混亂的男性音調。

「夜不語，該死的，是你嗎？」她害怕到幾乎要哭出來了。緊緊握著手中的手電筒，曾雅茹一咬牙，向那個聲音走了過去。

近了，越來越近了，那個聲音也越來越清晰。

「九，十，十一，十二……」確實是年輕男子的聲音，毋庸置疑，但是卻很陌生。

而且他似乎在數著什麼。

曾雅茹小心翼翼地靠近，然後看到一個剛剛走上二樓的男生。

那男生穿著藍色的校服，雖然嶄新，但是他的表情卻相當怪異。他帶著似笑非笑的臉，嘴裡數到「十二」的時候用力跳了一下，然後流露出滿臉的失望。

見到有人，曾雅茹心裡稍微平靜了一點。雖然不知道這個平常都不可能出現人的地方，為何會突然冒出個男生，不過，總要比自己獨自待著強多了。

「這位同學，你一個人嗎？」她思忖了一下，這才決定搭訕。

那男生彷彿壓根就沒有見到自己這個大美女，抬腳開始向三樓走去。嘴裡不疾不徐地認真數著數。

敢情他是在數樓梯？真是個超級古怪的人。

曾雅茹忍不住了，稍微大聲了一點，「這位同學，能請你送我出去嗎？這裡好可怕。」

那男生還是沒有任何反應，只見他每登上一級台階，就皺著眉頭，嘴裡吐出一個數字。像是有著什麼解不開的謎題。

曾雅茹有些生氣了，那個傢伙無視自己這個大美女也就算了，居然大美女請他伸出援手的時候還能忍心當對方是透明的，根本就是狼心狗肺的傢伙，不是個男人。

「四，五，六。」聽著那狼心狗肺的男生數數，空氣中不知何時開始瀰漫起一種壓抑的冰冷感覺。她不由得打了個冷顫。

「喂，你究竟有沒有聽到我說話？」她惱怒地準備去扯那男生的衣角，但就在手指剛要碰到他的時候，所有的行動都在一剎那唐突地停止了。

對了，剛剛自己就有一種怪異的不協調感，原來那種感覺是出在男生的衣服上。

他的衣服確實很嶄新沒錯，但是那款校服的樣式卻非常老舊，似乎是十幾年前的款式，老早就被學校淘汰了。

曾雅茹只感覺自己全身的血液都恐懼地凍結起來。

猛地記憶深處開始回憶這個舊校舍的故事。十幾年前就是因為某個高三的男生在校舍失蹤，所以才將這個地方廢棄。據說，那個男生有一個十分奇怪的習慣，他很愛數樓梯……

曾雅茹呆呆站在原地一步都不敢動，眼神麻木地追捕著那個男生的身影，耳朵聽著他空洞的聲音。她全身僵硬，身體因為害怕而劇烈顫抖著，幾乎隨時都可能癱倒下去。

「十一，十二，十三，十四，十五……」那怪異的男生好不容易登上了三樓，回過頭，咧嘴笑了一下。

他的視線沒有直接透過她的身體，而是落在她的臉上。

他注意到了自己？

為什麼，他要衝自己笑？

曾雅茹終於忍不住了，在痛徹心腑的恐懼中大叫了一聲，暈了過去。

□

曾雅茹的腳印在靠近三樓的中段突然消失了，我疑惑地站在階梯上四處望。那傢伙，該不是會飛走了吧？猶豫了片刻，舉步走上三樓，順便將三樓的所有房間都搜查了一遍，卻根本找不到她，也沒有發現任何可疑的線索。

然後我聽到了一聲帶著恐懼的尖叫。

那熟悉的聲音讓我止不住心驚，飛快地朝聲源方向跑。不過三十秒時間，就到了樓梯處，只見曾雅茹癱倒在階梯上，那地方，剛好就是腳印消失的位置。

我擔心地扶起她的頭，用手指試了試鼻息，有氣，看來還活著，狠狠地在她人中上掐了一下，她緩緩張開了大眼睛。

她視線迷離地朝我的方向死死看著，然後第一時間又發出了恐懼的尖叫。

我緊緊握住她的手，大聲喊道：「是我，我是夜不語，妳給我清醒一點！」

好一會兒曾雅茹才稍微平靜，整個人蜷縮在我懷裡。

「夜不語，好可怕，我看到鬼了。」她嚇得嘴唇都在顫抖，聲音心悸地哆嗦著。

「沒事了，世界上哪會有什麼鬼？」我輕輕拍著她的背，像在哄騙小孩子。

「我真的看到了。」曾雅茹長長的睫毛上殘留著淚水，許久，才抬起頭望著我的臉，然後用拳頭在我頭頂用力敲，語氣猛地強烈了起來，「你這傢伙，說，剛才死哪去了？居然敢丟下我一個人？」

這女人恢復能力還真強。我略帶著委屈說：「根本就是妳一個人走掉了，我還進去找過妳。」

「你進過女廁？」她有些吃驚，臉上又流露出害怕的神色，「那有沒有看到那面鏡子？」

「當然有，和男廁一樣髒。」我不知道她在怕些什麼。

「我不是說這個。你看到鏡子上那個血手印沒有？」她身體再次顫抖起來。

我疑惑地搖頭，「上邊除了灰塵就什麼都沒有了。」

「不可能。」曾雅茹惶恐地尖叫，「我剛才明明有看到。」

「那再去看一次好了。」我懶得和她爭辯，下到了二樓的女生廁所。鏡面雖然骯髒模糊，但是並沒有她提過的血手印蹤跡。

曾雅茹全身都彷彿石化了，軟軟地靠著我的肩膀。

「不管你信不信，我真的有看到。」許久，她才無力地說道。

我苦笑了一聲，「我知道，這件事妳沒有開玩笑的必要。總之，這個地方我也覺得怪怪的，還是早點離開妥當。」

「但是項鍊和姐姐的線索都沒有找到——」

「整個舊校舍我都搜了一遍，什麼可疑的東西都沒有。」我打斷了她。

突然發現她的眼神中帶著絕望，不禁心軟起來，轉開了話題，「對了，剛才妳失蹤的時候有沒有發現什麼？」

「我看到鬼了，恐怕還是十幾年前的老鬼。」曾雅茹將自己的所見所聞講述了一次。

猛地，大腦中似乎抓到了一點什麼。我看著鏡子，焦躁不安地扯著她的頭髮。

「你幹嘛！」她用力推開我的手。

「別動，我有線索了！」我說著大步向門外走去。

「你究竟想到了什麼？」她牢牢拉住我的衣角。

我得意地笑著，「如果項鍊真的放在這裡，我可能知道位置了。」

「真的？」曾雅茹頓時激動了起來。

「妳知不知道，整個舊校舍，或許還有一個地方我們沒有搜過？」我悠然道。

曾雅茹苦惱地回憶，「好像沒有吧。一、二樓是我們一起找的，三樓你自己找了一遍，而這個校舍的樓頂又上不去。」

「不對，還有最後一個被我們忽略的房間。剛才妳說那個喜歡數樓梯的失蹤高三生時，我突然想到了。」

「不要打啞謎，快說。」她不客氣地用力挽住我的手臂。

「妳仔細想想，這個校舍確實有人近期出入過，但為什麼他只打掃了走廊和樓梯？」

「不知道。」她老實地搖頭。

「很簡單，或許是為了消除自己的行動痕跡。一般七十幾年前設計的木質樓梯，它們樓底的空隙是會封住的，而那裡就成了死角。

「剛才我們搜索的時候，都下意識地將這裡當成了現代建築。而現代的鋼筋水泥房屋，樓底的階梯都會空出來，一目了然，所以被我們忽略掉了。」

來到一樓，將階梯空隙處一堆老舊的清潔用具，和已經開始腐爛的破舊桌椅扔出去，果然有一道十分不顯眼的小門露了出來。

頓時，我的臉上洋溢出勝利的笑容。用工具將不太牢固的門撬開，一陣腐臭的霉味迎面拂過，噁心得令人想吐。

當兩支手電筒的光芒照射進去，一個不大的空間立刻呈現在明亮裡。

突然，空氣如同凝固了似的，我們的身體也隨之凝固，視線死死地望著裡邊，曾雅茹終於忍不住，發出一聲刺耳的尖叫，又暈了過去……

第十章　鑽石項鍊

那個隱秘的空間裡擺放著三具屍體。

具體來說，是兩具屍體和一具白骨。那兩具屍體還看得出模樣，是前段時間一起玩過芭蕉精遊戲的吳廣宇和周凡。

第二天一大早，好幾輛警車開進了學校，將整個舊校舍封鎖。我、曾雅茹和楊心欣等人都被請進局裡做筆錄。折騰了好幾天，被這件事震驚的校園才稍微安靜下來。

然後警方公布了調查結果，他們稱自己透過抽絲剝繭的考證，發現了這一連串事件的相似處，最後發現，這是一起精密策劃的謀殺案。

動機是情敵之間的互相仇視，導致的蓄意殺人。

兇手是歐陽劍華。

他因為追求楊心欣屢屢失敗，而他的兩個情敵卻在最近形勢大好，於是他為了免除後患，透過玩芭蕉精遊戲，成功引起兩個情敵的不安，然後將他們引誘到舊校舍，逐個殺掉。

周凡家是單親家庭，母親平時工作很忙，而吳廣宇的父母當時因為鬧離婚而有財產糾紛，再加上失蹤的時間短，平時他們也偶爾會住在同學家，所以他們失蹤後都沒有引起家人的注意。

而歐陽劍華殺掉兩人後，良心發現，也在三天後自殺了。因為這件事羞於寫遺書，所以他用了一種另類的贖罪方法。他忍痛將自己身上的皮膚一塊一塊割了下來，然後再將屍體的線索寫在紙上，吞進了肚子裡……

看著當天的報紙，我冷笑連連，撥了表哥的電話。

「騙子，世界的罪人，你的想像力真的很豐富！」我諷刺道。

表哥夜峰嘆了口氣，「小夜，我的壓力很大。」

「壓力大就能亂找人頂罪嗎？」我冷哼了一聲。

「那你又有證據，證明警方公布的一切都是假的嗎？周凡和吳廣宇的父母可以證明，他們失蹤前歐陽劍華來過，像在商量晚上去哪。

「而死者的指甲縫隙裡，有歐陽劍華的皮屑，這說明他們有過激烈的拉扯，他是兇手的可能性很大。警方只是將不明因素稍微隱瞞了一點，讓事情更加合情合理罷了。」

「好一個合情合理，我算是明白你的為人了。」我懶得再說下去，用力掛了電話。

抬頭看著趴在我桌上的曾雅茹一眼，我淡淡問：「妳相信他是犯人嗎？」

「幸福家庭的小男生是很容易鑽牛角尖的。」她沒有正面回答。

我不置可否地搖頭，「記得我們那晚走出舊校舍後發生的事情嗎？」

「就算死了都忘不了！」曾雅茹的臉色發白，似乎還心有餘悸，「整片芭蕉林都瀰漫著臭味，和歐陽劍華死後散發出的味道一模一樣，枝幹也全都變成了黑褐色，完全沒有了生機。真的好詭異。」

「那種臭味不光歐陽劍華和芭蕉樹有，周凡和吳廣宇的屍體驗屍時，剛剝開他們的衣服，那股強烈的臭味就猛地散發出來，就連幾個經驗老到的法醫也忍不住跑出去嘔吐，實在是太難聞了。」

我回憶著，「而且，那兩個人的屍體上，除了臉部，皮膚都有被割掉的痕跡，慘不忍睹。」

「歐陽劍華應該不會那麼殘忍吧。」曾雅茹遲疑了一下。

我點頭，「或許吧。如果僅僅是情殺的話，確實不用那麼殘忍，何況殺掉他們後，還耐心地為死者穿上衣服，怎麼看都覺得奇怪。」

越想越搞不清楚，趁著第三堂課後二十分鐘的休息時間，我索性拉著她往教室外走，「我們去找楊心欣問點事。」

三班。楊心欣正鬱悶地坐在自己的位置上，周圍的男男女女像是聞到了瘟疫的氣味，隔著老遠就繞開她。以往如同蒼蠅一般揮之不去的追求者，也如同看到電蚊拍一般躲之不及。

也對，如果一個人背負著某種不太優雅的名聲，例如三條直接或者間接因她而死的人命，八成都會面對這種情況吧。

我在窗外向她打了個招呼，她便一副臭臉的和我們走上了頂樓。

「幹嘛，也想來嘲笑我？」她臉臭，聲音更臭。

我頓時有點接不下話了。女人的語言，實在沒有任何邏輯，還是同樣身為女性的曾雅茹先開口，她的臉上沒有任何表情，聲音也沒有任何表情。

「妳認為歐陽劍華是兇手嗎？」

楊心欣略微遲疑，聲音泛起了些微的漣漪，「誰知道呢？幸福人家的小男生會做出什麼可怕的事情，像我這種單親家庭是沒有辦法想像的。」

「妳在說謊。」我淡淡地道。

她的喉嚨堵塞，突然哭了出來，「對，我就是在撒謊，那又怎樣！人都死光了，所有人都把矛頭指向我，好像根本就是我親手把他們掐死的。」

「其實前段時間，妳已經表示準備接受歐陽劍華的追求了，對吧？」看著她的歇斯底里，我心裡一動，猜測道。

「你怎麼知道？」楊心欣狐疑地張開帶著淚水的眼睛，望著我，「沒錯，我確實準備和他交往了。他家那麼有錢，人雖然不算很聰明，但懂得討我開心，我為什麼不和他在一起？」

我和曾雅茹對視了一眼，半晌，我才問道：「那個芭蕉精的遊戲，究竟是誰先提出來的？」

「是歐陽劍華。那段時間我有點無聊，他就建議玩一點比較刺激的遊戲，不過那個遊戲的方法是我臨時想出來的。」

難怪當時自己覺得亂七八糟，原來果然是胡亂拼湊出來的產物。

楊心欣不知為何猛地打了個冷顫，聲音也抖了起來，「夜不語，你說這世界上是不是真的有芭蕉精？」

「怎麼可能！」我毫不猶豫地否定。

「那他們三個人為什麼會死？我根本就不相信警方的調查，說不定我們真的召喚出芭蕉精了，它就躲在我們周圍暗暗觀察著，只要一不注意，就將我們殺掉。」

她恐懼地哆嗦著，「他們都死掉了，下一個會是誰？說不定是我！怎麼辦，好怕，我好怕。」

「白痴，世界上根本沒有鬼！」我大吼一聲，將她從神經質的狀態喚醒，「不要胡思亂想了。就算有，那個芭蕉精為什麼一定要殺我們？它殺我們的動機是什麼？我們把它放出來，它說感謝都還來不及才對。」

好不容易才將楊心欣穩定下來，看著她步履蹣跚地下樓，我止不住地苦笑。

「喂，這個世界上根本就沒有芭蕉精什麼的，對吧？」我的意志似乎也有點不太堅定了。

曾雅茹露出了療傷系的微笑，「阿夜，你的語氣裡帶著強烈的不自信哦！」

「唉，這件事情實在太詭異了。」我依然苦笑，滿腦子的疑惑，「根據楊心欣的說詞，歐陽劍華從根本上排除了殺人動機，但整件事情就更加撲朔迷離了。」

「芭蕉精、鑽石項鍊、臭味，這三者之間會不會有什麼未知的關聯呢？」曾雅茹幫我分析著，但是不一會兒就頭痛的放棄了。

「對了，給妳看些好東西。」我想到了什麼，從口袋裡掏出一個小包裹。

「是什麼？」她好奇地問。

「打開看看就知道了。」我故作神秘。

曾雅茹做作地捂住臉頰，害羞道：「討厭，裡邊不會是訂婚戒指吧。阿夜真是的，人家才十八歲，還沒有到法定結婚年齡。不過，嘻嘻，只是當阿夜的未婚妻，人家還是可以稍微考慮的。」

「美啊妳，我可沒那麼廉價！」我在她頭上敲了一下。

「哼，人家現在可是千年少有的跳樓大促銷哦，不把握機會，我隨時都會被別的帥哥搶走。」她一邊笑一邊將包裹打開，猛地，笑容凝固了，身體也僵硬地保持著最後一個姿勢，一動也不動。

陽光下，包裹裡的東西閃爍著刺眼的光芒。光芒通過折射映在她的臉龐上，泛出微微的淡藍顏色，很美。她清澈的瞳孔中倒映著兩條項鍊。藍色的鑽石，鏤金的鍊子，一模一樣的款式，美妙絕倫。

「你什麼時候找到的？」曾雅茹連聲音都在顫抖，她伸出無力的手，拚命靠向項鍊。就在手指感受一股冰冷觸感時，彷彿所有的力氣都消失得無影無蹤。

「那晚妳暈過去以後。」我略微有些擔心的觀察她的反應，「當時我將整個隔間都搜查了一遍，發現下邊的木地板有些許被撬開過的痕跡，一打開暗隔就發現了那兩條項鍊和一張非常舊的學生證。我下意識地覺得就算交給警方也只是浪費資源而已，乾脆藏了起來。」

「你那個行為，應該算是犯罪了吧？」曾雅茹笑得十分勉強。

「別在意那些小細節了。」說著我將包袱裡的那張學生證拿起來，「知道和吳廣宇、周凡兩人屍體一起的那具白骨的主人是誰嗎？就是他。」

將那張老舊的學生證湊到她眼前，「這個叫張哲的男生，我前幾天特意去查過。他就是十三年前在舊校舍失蹤，喜歡在夜裡爬樓梯數數的學長。」

曾雅茹驚訝得完全發不出聲音。許久，她才緩緩道：「好複雜，我已經無法理解了。可是，項鍊為什麼會有兩條？」

「妳問我，我也不可能有答案。」我苦惱地撓著鼻頭，「不過這兩條都是同一類的人工鑽石。」

「意思就是我手裡拿著兩個人的骨灰？」她害怕地想把手裡的東西仍出去，可是出於女生愛美的天性，終究還是不忍心。

「應該是兩個人的。但究竟是哪兩個人，就是我們今後調查的主要目標。」我頓了頓，深吸了口氣，「等找到了答案，恐怕妳姐姐失蹤的線索，也應該會稍微明朗……」

又過了兩天，調查依然陷在停滯狀態。這兩天裡除了楊心欣的焦躁不安外，並沒有發生任何奇怪的事情，似乎一切都真的平靜了下來。

至於自己為什麼會知道楊心欣焦躁不安的情緒，是因為她在期間找過我幾次，每次都一副膽顫心驚的神情，根本不知道她在怕什麼。

「夜不語，你有沒有聞到過什麼古怪的味道？」她將我叫出去，顫抖地問。

我疑惑地搖頭，「妳是指什麼味道？」

「周圍的味道，老是有一股我實在無法形容的氣味縈繞在身旁，我好害怕！我問過許多人，他們都說沒有聞到。」她像是在抓救命的稻草，一把抓住了我的手。

老實說，她那一番話說得莫名其妙，怎麼也聽不懂。我只有苦笑，「妳是不是最近的壓力太大，產生了幻覺？」

「不可能，那味道十分清晰，明明周圍就有一種噁心的怪異氣味。」她的精神狀態開始歇斯底里，似乎真的有什麼東西在附近，只是只有她一個人能感覺到。

我皺了皺眉頭，用力按住她的肩膀，「放鬆，放鬆一點。妳去照照鏡子，妳看自己現在是什麼模樣。不修邊幅的，從前的妳根本就不是這個落魄相。就算沒病，自己都把自己嚇出病來了，或許歐陽劍華三人的死，真的給妳帶來太大壓力了。」

楊心欣稍微清醒了一點，就著窗戶的玻璃映照出的面容，讓她猛地捂住了自己的臉。確實，她似乎幾天沒有洗過臉了，一副疲倦的慘白，顴骨都瘦得突了出來。那副尊容哪裡還有從前的自信美麗，十足的皮包骨，看起來都覺得噁心。

呆呆地望著自己，突然，她發出一陣震耳欲聾的恐懼尖叫，飛快地跑掉了。

我莫名其妙地呆愣在原地，許久，才回過神來。看著周圍不斷濃烈的略帶著好奇和探求色彩的眼神，無奈地撓撓頭，也跑掉了。

不過提起味道，似乎順便讓自己找到一條還不錯的線索。

時間再次開始慢慢流逝，很快就到了週末。我威脅表哥調查的事情，也開始稍微有了些進展。

早晨十點和曾雅茹約了見面。大家將所有煩惱拋開，走在喧譁的大都市裡。我們看了一場很無聊的三流浪漫電影，吃了 Häagen-Dazs，然後跑到西餐館要了一份牛排套餐。

例行的約會行程結束後，我和她坐在公園的水池邊，感嘆人生。

「好飽。」這是她對人生的第一聲感嘆。

「我再也吃不去了。」我也感嘆，整個人都躺到了椅子上。

曾雅茹用纖細的白玉手指捲著我的頭髮，「阿夜，事情最近有進展嗎？」

「應該算有吧。」我沉吟了一下，「就像妳說過的，芭蕉樹、項鍊和屍體那股怪味道，或許在本質上有某種我們都還不知道的關聯。

「撇開現在所有的已知線索，我讓表哥調查那股屍臭最開始的來源，居然有所發現。臭味最早的紀錄是一年半多前，出現在一個叫做鄧涵依的女孩身上。」

「鄧涵依？是誰？」她問。

「和我們同一間學校，同屆，她是一班的學生。檔案上說她死於自殺，而且自殺的動機不明，但是手法卻有點慘不忍睹。那個女孩用洗靴子的硬塑膠刷，把自己身上的皮膚全都刮了下來，整間浴室全都是血。」

「好像歐陽劍華的死法。」曾雅茹驚訝地捂住嘴。

「沒錯，看到後我也很吃驚。雖然她自殺的事情那時候我也有所耳聞，但是卻沒想到那麼恐怖。看了當時的照片後，差點就吐了出來。」我思忖著，「總之，她的自殺是在張可唯戴著項鍊出現以前，而且死後的第十一個小時開始瀰漫出驚人的腐臭味。」

「她會不會和張可唯有什麼關聯？譬如說暗地裡是情侶？」曾雅茹判斷道。

我點頭，「一開始我也覺得有可能。所以昨天去了一趟鄧涵依家裡，她的房間至今都還保留得很完整。當時用了些藉口搜索了她的房間，最後在她電腦中的 Mail Box 裡發現了大量通信紀錄，都是寫給一個叫做唯的男生，初步推測他們是在交往。」

「我倒比較感興趣你是用什麼方法進人家房間的。」曾雅茹露出促狹的笑容，「不會謊稱自己是少年 FBI 吧？」

「當然不可能，這世界哪有人那麼白痴？」我瞪了她一眼，「我是用很正規的方法進去的。」

「例如？」

「例如說是她國中時期最好的朋友，但是畢業後就出國了。沒想到一回來想看望老朋友，居然聽聞這種人間悲劇。我很沉痛，希望在她房間靜靜緬懷從前濃厚的友情等等。」

她立刻做出一副要暈倒的樣子，「這也叫做正規的方式？你根本就在利用鄧涵依雙親的善良和對女兒的依戀罷了。你這人還有沒有良心，絕世大惡魔。」

「要妳管。」我哼了一聲。

「不過，她還那麼年輕，為什麼要自殺呢？」曾雅茹嘆了口氣，「阿夜，張可唯最後一個字也是唯，他會不會就是和鄧涵依交往的人？」

「我看不可能，來往信件裡，那個男生文筆超好，絕對不是張可唯那種紈褲子弟可以寫出來的東西。」我毫不猶豫地否決。

「合情合理的原因，我倒是認為張可唯應該是暗戀鄧涵依的其中一個人，而且愛她愛得就快瘋掉了，於是在她死後，將鄧涵依的骨灰偷了出來，送到美國的 LifeGem

公司訂製了那條造成以後連續死亡案件的五克拉藍色鑽石項鍊。」

曾雅茹仔細想了想，也用力點了點頭，「說得好像很有道理。那意思就是，鄧涵依交往的人，那個叫做唯的男子，很有可能是這一連串案件的主謀？」

「很有可能。」我深深吸了一口氣，「我有一種預感，所有事情都要開始漸漸明朗了……」

第十一章 聯絡

夜深了。

楊心欣從便利商店買了一大堆帶有香味的生活用品，慢慢往家裡走。四周很暗，本來便黯淡的路燈「滋滋」地閃爍著，讓夜色顯得更加神秘。

她不由得打了個冷顫。今晚，似乎有點不太尋常，只是究竟哪裡不對勁，偏偏又說不上來，用力裹緊外衣，轉入回家必經的巷子裡。

空蕩蕩的巷子，一個行人也沒有，似乎所有的路燈都壞了，路上黑漆漆的，能見度不會超過三公尺，總感覺四周有一股莫名的寒意。

楊心欣有些害怕了，她掏出手機當手電筒，微弱的光芒並沒有將能見度提高多少，可是內心稍微安定了下來。

噠噠……巷子裡迴盪著自己空蕩蕩的腳步聲，寂靜得能令人發瘋。

啪嗒——啪嗒——忽然自己的腳步聲傳入耳中，變得複雜起來，似乎，有兩個聲音。她猛地回頭，就著手機的光芒，但是什麼都沒有看到。不遠處，除了黑暗，依然是黑暗，隨著自己的呆滯，聲音也全都消失了。

靜！如同死亡的靜。那種令血液凝固的安靜帶著強烈的詭異氣息，讓人不寒而慄。

錯覺吧！她深吸了一口氣，繼續向前走。

不久，那種跟隨自己腳步節拍的聲響再次出現了。而且節奏越來越快，像是背後有個人跑了起來，拚命地追趕自己。

近了，更接近了，已經接近到不到一公尺的距離。

再次回頭，依然什麼也看不到。

楊心欣的心臟因為恐懼而超負荷地跳動著，她喘不過氣來，甚至整個身體都因害怕而顫抖，她能聽到自己脈搏的跳動、心跳和鼻息，以及耳畔拂過的冰冷微風。

只是，那個鼻息為什麼會在脖子後邊？那急促的頻率，根本就不是自己的！

她緊抓住手中的袋子，卻實在沒有回頭的勇氣。自己可以感覺到，身後分明有一個人在離自己不到一寸的距離，他的鼻息甚至碰到了自己的脖子上。

但回頭，恐怕依然會什麼都看不到吧。

在這種情況下，一個正常的女生會幹什麼？楊心欣還算很正常，她尖叫了一聲，用懷裡的袋子向後打去，但擊中的卻只有空氣。

沒有絲毫遲疑，她轉身就跑，向著家的方向一陣狂奔。

大約過了三分鐘，當電梯大樓的燈光出現在視線裡時，她才喘著氣，慢了下來。好不容易進入大門，一抬頭就發現電梯居然壞了。

今天真的有夠倒楣的，不但遇到怪異的事情，還要爬樓梯，楊心欣的家住在十一樓，幸好不算太高，但也足夠一個心力交瘁，體力透支的女孩爬很久了。

長吁短嘆下，無奈地走進安全門，說實話，她的心情真的很糟糕，也對，不論是誰遇到這麼連串的打擊，都會開始自暴自棄的。怪味的騷擾，偶爾出現的莫名其妙靈異現象，周圍人對自己的漠視，在這種生活下存在了一個禮拜，老實說她已經快要崩潰了。

樓梯，慢慢在自己腳下閃過，說是閃，恐怕也只是大腦開始有點模糊罷了。不知是不是錯覺，縈繞身旁的那股惡臭更加濃烈了。她立刻從購物袋裡掏出香水，整瓶全倒在身上。

但那股味道卻依然沒有被壓制的跡象，反而透過香水的濃郁，混合成更加強烈的異味。好噁心！但是自己卻絲毫沒有噁心應該要有的嘔吐衝動。

楊心欣突然感覺自己全身癱軟無力，她靠著牆，滑坐在階梯上，然後用手機撥了一通電話。

「喂？心欣嗎？」曾雅茹的聲音傳了出來。

「雅茹，聽我說，或許真的有芭蕉精。」楊心欣的聲音變得蒼白無力，「我臨時想出的那個亂七八糟的方法，或許真的把芭蕉精引出來了。

「雅茹，我有預感，或許我馬上就要死了。

「雅茹，妳不要高興，下一個，就會輪到妳……」

楊心欣真的死了，第二天她的屍體被發現在電梯大樓的頂樓，散發著驚人的惡臭。

□

得知楊心欣死亡消息時，是禮拜一的早晨。當時我正和曾雅茹利用課餘休息時間，討論最近蒐集到的線索。

「根據資料，我發現所有死者都有幾個相同的地方。」我指著一份最近兩年因為「五克拉鑽石項鍊」而死亡的遇害者名單說道，「第一，他們接觸過鑽石，然後自殺。第二，他們的皮膚都有嚴重毀損的痕跡，而且都是自己用刀子或者刷子等等硬物自虐造成的。

「第三，據說他們自殺前，都聲稱自己聞到過一股怪異的味道，可是周圍的人什麼感覺也沒有。第四，都是在聞到異味的九天內死亡。」

頓了頓我又道：「而最近死亡的三個人，歐陽劍華、周凡和吳廣宇，除了歐陽劍華間接地提到過項鍊外，其餘兩人找不到任何與項鍊的關聯。但是他們的死，和一年半前的連續死亡事件絕對有關聯。如果真的有兇手，恐怕也是同一個人！」

「不對，沒有接觸過項鍊的還有一個人。」曾雅茹指著死亡名單的最頂層，「就是鄧涵依。鑽石是用她的骨灰做成的，不是嗎？」

「沒錯！」我點頭，「鄧涵依是關鍵人物，或許就是這一連串事件的根源。我調查過她父母做的筆錄。

「據說凌晨的時候，鄧涵依起床問自己的母親有沒有聞到什麼奇怪的味道，然後第二天一早就發現她自殺在浴室裡，鮮血淋淋的，一打開門就能聞到強烈的惡臭。

「根據這條線索，我們可以大膽地判斷，她是因為某種原因聞到了別人都嗅不到的怪味，而這種如同病菌的要素隱藏在屍體裡，即使變成了骨灰，即使被做成了鑽石，那種要素依然沒有改變。

「它影響戴著它的主人，讓那個人產生聞到怪味的錯覺，然後迫使對方自殺。」

「等等。」曾雅茹有些頭暈，「你上次不是說，和鄧涵依有書信來往，可能是她男友，一個叫做『唯』的男生很可能是兇手嗎？」

「我只是在陳述一種可能性罷了。這件事情實在過於匪夷所思，恐怕不是人力可以做到的！」我略微苦笑。

「你的意思是，真的有鬼？」曾雅茹打了個冷顫。

「別傻了，世界上哪會有鬼。」我哼了一聲，「我只是說人力不能做到，現今的科學無法解釋罷了。」

「阿夜，你的話滿矛盾的。」

「要妳管，總之我不信世界上有鬼。」我偏過頭去，「鄧涵依作為源頭的可能，是至今為止最有力的一條線索，只要我們找到為什麼她會聞到那個不存在氣味的原因，可能就能釐清這一連串死亡事件的緣由，或許也能調查到妳姐姐失蹤的線索。」

「我姐姐會不會真的已經不在了？」曾雅茹的聲音又低沉了下來，她在害怕。

自己一個人之所以能夠堅持活下來，是因為還沒有見到姐姐的屍體，如果真的找到了，她的精神可能會在一剎那崩潰。

「別擔心。」我握住她的手，那柔弱無骨的細膩讓人覺得很舒服，「接觸過項鍊的受害者還有一個共同點，就是都是在家裡自殺的。而妳姐姐只是失蹤罷了，她應該還活在世界的某處，只是被禁錮了失去自由。她正等著我們去將她找出來，救出來。」

「真的？」頓時，曾雅茹的眼中泛出了希望。

我無聲地點頭。那個亂七八糟的推理也只能暫時哄哄她罷了，其實，對於她姐姐生存的可能，我實在不抱太大希望。

但是那番話依然讓她有了精神，整個人又燃起了活力。

「姐姐，我和我未婚夫馬上就來救妳了。」她用力反握我的手，不顧周圍人的關注，完全沒有淑女風度地大喊了一聲。

喂喂，是誰，哪位，怎麼又變成妳的未婚夫了？我冤枉啊！

帶著滿臉的振奮，曾雅茹像是才想到什麼，問：「阿夜，你有沒有發覺心欣最近的行為有點古怪？」

「當然有，她前段時間還對我說，她聞到了什麼怪異的味道……」話說到這裡，我猛地停住了！古怪的氣味？按照分析，聞到的人不久後都會死，難道她並不是神經衰弱，而根本就是遇害的前兆？

曾雅茹明顯也發現了這一點，她和我對視一眼，整個人都顫抖起來，聲音乾澀地說道：「昨晚十一點過後，心欣還打過電話給我。」

我皺眉，「她說了什麼？」

「她說這個世界上可能真的有芭蕉精，她有預感自己快要死了。」曾雅茹頓了頓，終究害怕某人擔心，沒有將後邊那句話說出來。

話音還沒落下，我口袋裡的電話便急促地響了起來。我們同時被嚇了一跳。我咒罵著接起手機，只聽了一句，臉色頓時變得慘白沒有血色。

許久，無力地將手機握在手心裡，我什麼話都說不出來了。

「誰打來的電話？」她擔心地問。

「是我表哥，看來楊心欣的預感真的驚人得準確。」我笑得很勉強，「她確實死了。死在自家電梯大樓的頂樓，應該是自殺。」

再也沒有上課的興致，又混了一堂課後，我和曾雅茹想了兩個十分無聊的藉口，請假溜掉了。

出了學校就叫上一輛計程車，向楊心欣家的方向疾馳。

她家在電梯大樓的十一樓，和歐陽劍華所住的高級住宅區很近，但是卻差了不止一個層次。這是一棟十分老舊的建築，大概也有十幾年的歷史了，電梯很不安全，上升時經常性的發出「喀噠喀噠」的危險聲音。

整個頂樓已經拉起了封鎖線，表哥正在裡邊揮來喝去地忙碌著。

「小夜，你來幹什麼？不上課了？」他責備地看了我一眼。

我促狹地笑起來，「我只是想看看，你會把這件事編成什麼 Romance 故事公布給大眾。會不會說楊心欣這位純情的美女，她最愛的人就在不久前死掉的三個男生之中，碰巧就是周凡或者吳廣宇。他死了之後，楊心欣覺得生無可戀，忍無可忍之下，決定殉情？」

「哈哈哈，我怎麼可能會想出這種像是三流連續劇的故事？」表哥乾笑著掩飾，滿臉心機被看穿的尷尬。

「說不定哦，這一類無聊的劇情，普通的善良市民最能接受了。」我漫不經心地指了指封鎖線，「不邀請我們進去參觀嗎？」

「謝絕進入。」表哥用雙手打叉。

我將頭偏到一旁，「其實大眾以及普通的善良市民不但喜歡三流劇情，更喜歡挖掘別人的隱私和某些波瀾起伏的神秘故事。如果我把這件事情的某些疑點，提供給一些好奇心重的記者叔叔的話，你覺得會不會很有趣呢？」

「你敢！」表哥夜峰聲音頓時大了起來，他狠狠瞪著我，許久才拉起封鎖線，「好了，魔鬼，給我滾進來。」

我衝曾雅茹比了個勝利的手勢，走進了現場。

楊心欣的屍體還在原地，用一張白布蓋著。距離圍牆邊緣只有不到一公尺。我示意曾雅茹後退，然後輕輕揭起了白色布單。

猛地一股熏人的臭味迎面撲來，即使我做了萬全準備，戴了便攜防毒面具，也稍微能聞到那股臭味，彷彿它根本就可以透過視覺傳播。

好噁心的味道，光是想想都覺得噁心！生前那麼愛美的楊心欣，如果知道自己死後會這麼令人厭惡，恐怕會選擇立刻跳進火裡，來個屍骨無存吧。

我打起精神看屍體。她死前似乎就已經赤身裸體了，全身的肌膚都嚴重燒傷，而且輕微的金屬化，她的胸部肌肉有大面積的破裂，四肢和身體局部都出現水腫。手臂上還有電流斑，死因應該是碰觸到高壓電。

表哥也看著屍體，「你的這位同學是摸整棟樓的變壓器觸電身亡的。根據分析，她的本意是想跳樓，但最後由於某種未知的原因放棄了。」

「什麼未知的原因，根本就是沒膽子跳下去罷了。」我哼了一聲，心裡很不是滋味。雖然自己和她的交往並不是很深，但生活中還是有些交集，並不會如同見到陌生人死後那般輕鬆。

再加上生前的大美女變成眼前這麼一副噁心的恐怖樣子，腦子裡一時間無法反應過來。

「還有其他線索嗎？例如遺書什麼的？」我轉頭問。

表哥搖頭，「什麼都沒有。專家勘查了整個頂樓，推斷這女孩已經下決心尋死了。她走上來，猶豫了一會兒，接著動手脫掉自己全身的衣物，再走到圍牆邊緣，靜靜站了若干時間，最後自殺。

「頂樓一向很少有人上來，最新的腳印都是她一個人的，所以排除了他殺可能。」

我陰沉著臉，拉著曾雅茹離開了。

內心沉甸甸的，就像壓了厚厚的鉛塊。如果說歐陽劍華的死和鑽石項鍊還有間接的關係，那麼周凡和吳廣宇呢？楊心欣呢？這三個人根本就沒有接觸到鑽石，可他們為什麼都死掉了？

而且死因都是一樣！就相似性而言，應該是因為同一個要素才遇害的，但最近一段時間發生的事情，如果硬要重合在一起的話，只有一件事——

就是我們六個人一起玩了召喚芭蕉精的遊戲。

但根據那個遊戲的方法，根本就不可能有危險，何況我事後也做了萬全的善後處理。難道這個遊戲中，還有一些我沒察覺到的特殊因素，或者在特殊地域下，讓整個遊戲都變質了？

會有那種可能性嗎？

我暗自搔頭，實在想不通，所有的線索都交錯在一起，在自己似乎就要把握到真相的時候，偏偏節外生枝，認定的真相也變得模糊不確定起來。

這一連串的事件絕對有所關聯，而且那種關聯，恐怕就在我們玩芭蕉精遊戲的地方。

□

味道指的是味覺，氣味指的是嗅覺，看到指的是視覺，感到指的是感覺，這些都是人類感知世界的必要手段，缺一不可。

一道美味的菜，你先是看到、聞到，然後覺得好吃，而後吃進嘴裡刺激味覺，最後大腦發出真的好吃的指令，並將這種印象當作記憶儲存下來。

但是歐陽劍華三人死後散發的氣味呢？原本它只能靠嗅覺途徑傳播的，但是我偏偏覺得，聞到的同時，味覺和視覺都受到了影響，彷彿根本就收到了和嗅覺一模一樣的資訊。

令人噁心到想吐的資訊。

真的是一種怪異到極點的氣味。

那晚我和曾雅茹為了解開謎題，以及找她姐姐失蹤的線索，再一次來到了舊校舍。圍牆的小門已經換成新的，鎖也弄了一把稍微堅固的。不過倒也難不倒我，取出以前從表哥那裡敲詐來的開鎖道具，用一根訂製的散花針將鎖打開，然後推開了門。

「妳確定要跟我進去？」我轉頭問。

曾雅茹堅定地點點頭，但緊扯著我衣角的左手卻在不住地發抖。

「這次可不要隨便暈倒，也不想想自己有多重，我揹著很辛苦的。」

她滿臉通紅，「不要婆婆媽媽的，快給我進去！」

第三次進這鬼地方，感覺依然有種詭異。四周的封鎖線已經撤掉了，芭蕉樹依然像是營養不良一般，病懨懨地癱著滿樹的葉子，像是一隻隻張牙舞爪的怪獸，微風拂過，樹影晃動，卻看不出絲毫生機。

如果要告訴其他人，這些芭蕉樹在半個月前還生機勃勃，恐怕絕大多數的人都難以置信，至少如果不是我親眼所見，我是說什麼都不會相信的。

習慣性地從最近的樹上扯下一片葉子，放在手電筒下看，那種乾枯的觸覺拿在手裡十分不舒服。但是至少已經不再散發幾天前那種噁心的氣味了。

葉子在風裡沙沙作響，曾雅茹也打量四周，但內心中總有一絲莫名的恐懼。

她用力拉了拉我的胳膊，「阿夜，你覺不覺得這裡有些地方不一樣了？」

我笑道：「每次來，這裡都是同一個樣子，說實話我都快麻木了。」

曾雅茹搖頭，「這一次不太一樣，我老是感覺心裡不踏實，好像要發生什麼事情的預感。」

「那妳出去等我好了，我調查一會，很快就出去。」我頭也不抬，手敲著樹身。裡邊傳出空洞的悶響，似乎汁液已經被抽空了。

「不要，我一個人會怕。」她拚命搖頭。

「那就乖乖跟在我身後。」

我從包裡拿出刀子，接著將最近的那株芭蕉樹砍倒，一看之下頓時呆住了。裡邊居然是空的，不要說汁液，就是木質部也沒有了，整棵樹只剩下一層空殼。驚奇之下又砍了幾棵，也是一模一樣。

究竟是什麼力量，或者說是蟲害或疾病，居然能將一棵樹變成這個樣子？

「妳還記得，我們上次玩遊戲的那棵樹在哪裡嗎？」我遲疑了一下，問道。

曾雅茹指著不遠的位置，「應該是那個方向。」

我抬起頭向那裡看去，周圍都是大片的死氣沉沉，渲染得氣氛都沉重起來。我就幾乎要喘不過氣了。只是看不到那棵奇形怪狀的芭蕉樹。

「說起來，骨灰鑽石的事情你調查得怎麼樣了？」曾雅茹似乎想稍微減輕一點恐懼，開口問道。

我邊用視線搜索邊回答：「每個商品都有一定的商品號碼。那種貴重的特殊物品當然不會少，我在項鍊上找到了一串辨識條，然後委託我的一個老朋友向 LifeGem 公司查詢。」

「你什麼朋友那麼神通廣大？一般那種特殊公司，就算我這樣的小市民也知道他們會對客戶保密，特別是美國的公司。像這樣的產品，不保密得像國防總部才怪。」她好奇道。

「一個三十多歲的老男人罷了，碰巧他還算是國際小有名氣的偵探，這點小事難不倒他的。而且以我們的交情，他也沒辦法拒絕。」我淡然地說，想起從前和他經歷的那起古怪事件，嘴角不禁浮現一絲笑意[3]。

「那結果什麼時候拿得到？」

「最慢三天，他會寄電子郵件給我。」

我的視線飄移，總算將那棵樹找出來了。移步走過去，我下意識抬頭望著樹頂，頓時，全身如同被雷電擊中一般，再也無法動彈了。

「阿夜，你怎麼了？」

曾雅茹焦急地搖著我的身體，我卻發不出絲毫完整的語句，只能用嗓子乾澀的造出不成意思的「喀喀」聲。一股惡寒從腳底直爬上了後腦勺。

[3] 楊俊飛的事件，請參見《夜不語詭秘檔案108：茶聖（上）》、《夜不語詭秘檔案109：茶聖（下）》

「你究竟怎麼了？」她的聲音也開始不完整，慌亂得幾乎要哭了。

我用手緩緩指向視線死死注視的地方，她望了過去，卻是滿臉疑惑。

許久，我才聲音顫抖地說：「那裡曾經長了一個像是嬰兒的怪異芭蕉蕾，也是我們玩芭蕉精遊戲的媒介。那晚遊戲結束後我就將它砍了下來，但是妳看……」

原本應該空蕩蕩的地方，那個狀如嬰兒的芭蕉蕾完好如初的，長在本來應該已經被砍掉的地方。那張嬰兒的臉，第一次看到時，眼睛是緊閉的，但是現在卻睜開了，睜得大大的，彷彿帶著莫大的怨恨，猙獰地盯著我們。

只是望著那對像是眼睛的形狀，血液似乎都要凝固了。只有冷，徹骨的冰冷。冷得我和曾雅茹不住地哆嗦。

「好可怕的形狀。」曾雅茹深深吸了口氣，用力按住心臟的部位，「一眼看過去，差點把膽都嚇破了！這玩意兒真邪門！」

我喘著粗氣，臉色鐵青，「不管怎樣，雖然沒有證據，但是至少瞭解了一件事情。楊心欣他們四個人的死亡，肯定和這棵奇形怪狀的芭蕉樹有關。」

「看到這棵樹，我也有點贊同你的觀點了。」她緩緩點頭，挽住我的手更用力了，「我們現在該怎麼辦？」

我稍微想了一下，「既然那個蕉蕾會長上去，我們就把它再砍下來一次，然後燒掉。我就不信它還能長！」

「不會有什麼危險吧？」她稍有些遲疑。

「都死那麼多人了，如果還找不到連續死亡的關鍵原因，恐怕會有更多的人死掉。」我沉吟道，「別忘了，我們也玩過那個遊戲，說不定下一個死的，就是我或妳。」

曾雅茹低下了頭，不知道在想些什麼，然後她向我伸出手，「刀拿來。」

「幹嘛？」我疑惑地看著她。

「我來砍。」

「女孩子不適合幹這種事情。」我皺眉。

「我要砍，我已經決定了。」她堅決地從我手裡搶過刀子。

唉，越來越搞不懂女人在想些什麼了，苦笑著搖頭，我弓下身體，衝她道：「站上來。」

「你幹嘛？」換她疑惑了。

「那個蕉蕾快兩公尺高，妳以為妳一百六十幾公分的個子能夠摸得到嗎？快上來。」我氣惱地喊道。

曾雅茹可愛地吐出丁香小舌，站到我背上，仔細觀察芭蕉蕾。

近距離看，那嬰兒的尊容變得模糊起來，看來果然是偶然吧，畢竟人類本身就對人形的物體很敏感，只要有眼睛、鼻子、耳朵和臉部輪廓，就會下意識地將其看作人體的形狀。

樹枝連接芭蕉蕾的地方沒有任何接面，絕對是自然生長的，排除了人為的因素。但為什麼砍下來的東西會重新長出來呢？實在太過怪異了。

曾雅茹沒有再想下去，右手提起刀子，向芭蕉蕾的根部用力砍，就在那一剎那，不知道是不是錯覺，有種鋪天蓋地的恐懼頓時席捲了自己，身體猶如狂風中的小草，隨時都會消失生命的印記。

自從第一眼見到這個芭蕉蕾的時候，女性的本能就響起了強烈的警鐘。她直覺感到異常危險，碰到這個東西的人，很有可能會沒命。

但是這東西一定是要砍下來的，毋庸置疑。自己不砍，夜不語那固執的傢伙一定會做。如果真有危險，還是自己承擔好了。

心裡不禁又記起楊心欣臨死前說的最後一句話——

「雅茹，妳不要高興，下一個，就會輪到妳……」

她預感到了自己會死，也說對了人生中的最後一句話，下一個，恐怕真的會是自己。

曾雅茹感覺腦袋一陣眩暈，鼻子裡突然衝入了一股異味，很強烈很噁心的異味，就如同歐陽劍華他們四人死後，身體散發出來的味道。不對，比那個要強烈上一百倍，但是自己卻絲毫沒有想吐的感覺。

只是頭很暈，很想睡一覺，接著，她從我的背上跌落，摔倒在地上。芭蕉蕾也在同一時間掉在地上，摔得粉碎。

有一顆白森森的頭顱從芭蕉蕾裡滾了出來……

尾聲

接下來的時間又再次過得飛快。

經警方查證，鄧涵依的骨灰確實失蹤了一部分，而偷竊人就是富家公子張可唯，和我的猜測完全相同。而藏在芭蕉蕾中的人頭，被確認為是本地第一重點高中，高一二班的一個叫做錢舒唯的學生。

他在一年半前失蹤了，時間剛好是鄧涵依死亡後的第二天。

他的屍體在那棵怪異的芭蕉樹下被找到，是他殺，兇手是張可唯。

於是整個事件陷入無法破解的謎團裡。我根本查不出鄧涵依這個幻覺臭味發現者的源頭，究竟是因為什麼事情，才觸發自己能夠聞到怪味的。

但至少搞清楚了兩點。第一，一年半以前死亡的八個人，確實是因為戴著骨灰鑽石而死亡的。

第二，我們是因為在埋有錢舒唯屍體的地方，玩了召喚芭蕉精的遊戲，可能借由某種因素，打開了一道不能解釋的門，所以楊心欣等人才會相繼死亡。

可是不能解釋的東西依然很多。

至少我不明白為什麼歐陽劍華的食道裡，會有那張寫著「項鍊，舊校舍」的紙條，更不清楚周凡和吳廣宇的屍體，為什麼會被藏在舊校舍裡？這裡邊，是不是還有什麼沒有浮上檯面的力量，在暗地裡悄無聲息地操控著？

這一切，恐怕永遠都不能解釋了。

幾天後還有一件事，楊俊飛那個老男人將骨灰鑽石的調查寄給我。第一條鑽石項鍊是張可唯訂做的，用的果然是鄧涵依的骨灰；而第二條沒有訂做者的名字，但是骨灰的名字我卻異常熟悉。

它叫曾雅韻，正是曾雅茹的姐姐。

可惜這條線索我永遠都無法告訴她了，因為她在砍下芭蕉蕾的第三天，我收到電子郵件的前一天去世了。

也是自殺。

在她自殺的前幾分鐘，我接到一通電話。

「阿夜，是你嗎？」

「我是。雅茹，妳還不睡覺，都已經快十二點了。明天還要考試吧？」

「我不用在乎了。」她的聲音有點呆滯，「你相信一見鍾情嗎？」

「不信。」

「但是我信。我第一次見到你，就很喜歡你，真的很喜歡你，只是一直都沒有接近你的時機。直到有一天發現你在注意我，當時我真的好高興！」

「雅茹，妳今天究竟怎麼了？」電話這頭的我有種強烈的不安預感。

「不要說話，我的時間已經不多了。阿夜，你知道愛情是什麼嗎？愛情就是失去理智。陷入愛情的人，眼睛會看不到，耳朵會聽不到，變成只會傻傻看著那個人的傻瓜。

「阿夜，我現在什麼都看不到，也什麼都聽不到了。

「我真的好不甘心，好不容易才鼓起勇氣和你說話，和你約會，好不容易才看到一絲生存下去的希望，但是生命卻在這種情況走到了盡頭。真的，我好不甘心！」電話那頭，她在抽泣。

「阿夜，永別了……」

□

你有聞到過別人感覺不到的怪異氣味嗎？你有收到過一條五克拉的藍色鑽石項鍊嗎？妳是喜愛鑽石的女生嗎？

故事到了最後，依然只有我一個人活了下來，或許那是曾雅茹用生命為我換來的生機。

我至今還記得和她第一次約會時的約定。她說，如果我們倆誰先死翹翹了，如果人死掉後真的會變成鬼的話，那就在死亡的第七天，在午夜十二點，拍一拍另一個人的肩膀，再在他的屁股上踢一腳。

她死後的第七天，我關掉房間裡所有的燈，靜靜抱著膝蓋坐在床上。

指標到了十二點，然後飛快地滑了過去。直到凌晨一點，但是我的肩膀沒有被拍，屁股也沒有被踢。

曾雅茹真的死了，永遠都不在了，那一晚，我哭了出來。

原本這個故事我不打算寫的，但最後還是決定用文字將它詳細地記載，希望能將它流傳下去。

因為在曾雅茹死後第十一天，原本放在我家保險櫃裡的兩條骨灰鑽石項鍊突然不翼而飛。

這件事情沒有結束。

或許，那兩顆致命的五克拉藍色鑽石就在你身旁。

如果有一天你收到類似的鑽石項鍊，或者突然聞到別人聞不到的氣味。不要慌張，首先，你務必要做以下兩件事：

把項鍊找條河扔掉。

開始習慣那種怪異的味道。

否則，你也有可能在九天內死掉……

番外・蚊

蚊子，屬於雙翅目，蚊科，人類最討厭的生物之一。覺不覺得酣睡正香時，蚊子扇動翅膀的尖銳刺耳聲很令人火大？被吸血後長出的紅色疙瘩伴隨著的刺骨搔癢感很讓人氣惱？

其實，這些都沒什麼。耐心看完這個故事，你就會發現，蚊子帶給你的討厭騷擾和搔癢感只是微不足道的小困擾罷了。真正恐怖的東西，足以令你不寒而慄。

楔子

今年的氣候很奇怪，明明深秋了，蚊子還在夜晚不斷發出高頻的尖叫聲，讓人難以入睡。周宇帶著妻子和三歲的兒子到郊區露營。說起來，人類真的是很奇怪的生物，明明喜歡群居，但群居久了就厭煩了，叫囂著回歸大自然。找塊綠水青山的地方搭帳篷，吃著簡單的，平時不屑一顧的食物，享受著所謂山水擁抱的感覺。

所以說，其實人類多多少少都有些自虐的傾向。

周宇找到的這塊露營地點不算偏僻，就在距離分水鎮兩公里的地方，不遠處有一條很寬的無名河，河邊長滿了蘆葦。深秋的蘆葦葉子已經開始變得枯黃，地上的草也不再油綠，顯得有些蕭索。

他將車開到土路的盡頭，把後車廂裡的野營用具全都搬到了河旁一塊平整的草地上，然後舒服地伸了個懶腰。

兒子蹦蹦跳跳地在地上打滾，一直住在鋼筋水泥的世界裡，大自然的清新空氣顯得那麼舒服，就像肺部都被灌入了潤滑劑，舒暢得很想呻吟幾聲。

妻子坐在折疊凳上賢慧地整理野餐用的菜品。周宇搭起帳篷，揉了揉痠痛的脖子。太陽開始斜著向下落，夕陽的餘暉像是燃燒殆盡的火焰，顯得十分無力。就在這時，跑到河邊玩耍的兒子突然發出一聲刺耳的尖叫。

那叫聲嚇得妻子和周宇心裡直發抖，他們丟下手裡的東西連忙朝著聲音的來源跑去。只見兒子好好地待在河邊，既沒有落水，也沒有跌倒受傷。

「怎麼了？」周宇問兒子。

三歲的兒子還不會流暢地說話，只是氣憤地用腳踹不遠處的一些石頭，眼淚在眼眶裡轉個不停，「壞東西，咬我！咬我！」

周宇這才發現，兒子腳邊的東西是一個不知道誰堆起來的石塔，大約有五十公分高，現在已經塌掉了。

「啊，這些是什麼？」妻子捂著自己的嘴驚訝道。

周宇抬起頭，不由得打了個冷顫。只見石塔，密密麻麻的石塔聳立在河岸邊，那些石塔明明只有五十幾公分高，可偏偏給人一種高大的錯覺。無數的石塔，綿延向視線盡頭，根本沒辦法數清楚有多少個。這些石塔全是用河邊隨處可見的鵝卵石堆砌而成，在火紅的夕陽照耀下，顯得無比詭異。

「奇怪了，明明就在城市近郊的地方，我還從來沒有聽說過有這種奇景。」周宇撓撓頭疑惑不已，「按理說現在的驢友如此強大，再奇特、再偏僻的地方都會被挖掘出來，怎麼會有人放過這裡？」

妻子有些不安，「怪嚇人的，我們別在這裡露營了。」

「有什麼好怕的，石頭堆的東西，底下又沒有埋屍體。」周宇笑了幾聲，卻發現自己的笑意很乾澀。

妻子狠狠瞪了他一眼，「你還嚇我！」

周宇嚇得連忙蹲下身子檢查兒子身體，「乖兒子，什麼東西咬到你了？」

「壞蟲，『噗噗』地飛起來。」兒子比畫著，小臉氣得通紅，「咬我的手。」

他看了看兒子的手臂，有幾個紅色的斑點，很小，像是被本地一種叫「飛塵」的小蟲子咬了，便不在意。只是從攜帶的藥箱裡拿出碘酒幫兒子擦了一些。

妻子還是很不安，不斷勸自己的老公離開。周宇有些鬱悶，他為這次露營準備了接近一個月，自然不願意半途而廢。幾經勸說都無效後，妻子總算認命了，打開野營氣罐做起了晚飯。

夜色漸漸變濃，兒子彷彿也忘記了被蟲子咬過的事，在附近玩得不亦樂乎。黑暗籠罩了視線可及的所有範圍，這在城市裡是很難遇到的風景，如果黑暗也算是一種風景的話。周宇點亮野營燈，微弱的光芒彷彿風中的燭光般照亮了四周。天幕上無星無月，只剩下漆黑的蒼穹。

吃完簡單而又別有風味的晚餐，妻子拿著平板電腦哄兒子睡覺。周宇則坐在帳篷裡，將帳篷門敞開，呆呆地看著黑漆漆的外界。不遠處的河邊被密密麻麻的野草和枯黃的蘆葦掩蓋得嚴嚴實實，不過水流暢通的流動聲還是能清晰地傳入耳中。大自然的一切都令人感到新奇，周宇感覺自己因工作而勞累不堪了一整年的身心都彷彿練了洗髓經般，化為一撮水流淌開了。

晚上九點半，妻子扯著他去睡覺，本來習慣晚睡的他居然在水流聲的催眠下很快就睡著了。不知睡了多久，他突然被一聲刺耳的尖叫驚醒。

心臟狂跳個不停。

周宇撐起身體，將睡意甩開，努力辨識尖叫聲的來源。可是薄薄的帳篷外安靜得一塌糊塗，哪有什麼尖叫。這令他不禁懷疑起自己究竟是不是在作夢。可那尖叫聲依舊縈繞在耳邊，讓周宇一閉眼就不斷地回憶起那聲尖叫。

實在睡不著了，他掏出手機看了看。凌晨三點十五分。他看著依舊熟睡的妻子和兒子，躡手躡腳地拉開帳篷門走了出去。不知何時，密密麻麻的繁星已經遍布了天幕，星星將整個河岸照得有如銀色緞帶般美麗。

周宇伸了個懶腰，呼吸著周圍冰冷而又清新的空氣，徐步來到河邊。那些無法計算的石塔仍然聳立在河岸邊，老實說，他對這些東西有些好奇。很明顯石塔是人堆的，大概是鎮上的人因為某些原因堆砌起來。回家前可以去鎮上問問，說不定能挖掘出一個離奇的故事呢。

周宇一邊想，一邊拉開褲子拉鍊，對著附近的一座小石塔撒尿。解放了尿意後，他準備回帳篷。突然，有股奇怪的聲音猛地傳入了他耳中。

那怪聲很細微，像是女人的尖叫，又像是無數蟲子高頻扇動翅膀的聲音，難以描述。

周宇下意識地轉頭，竟然看到自己澆灌過尿的那座石塔不停地在顫抖，而且抖動的幅度越來越大。沒等他反應過來，石塔轟然倒塌。一群黑色的物體發出尖銳的聲音全部飛了出來，周宇嚇得一屁股坐倒在地上。

黑色生物很快就飛得無影無蹤，他連滾帶爬地逃回帳篷裡，急忙推醒妻子。

妻子揉了揉眼睛問：「怎麼了？」

「這個河岸有些古怪。」周宇越想越不對勁。

「我早就說這裡古怪了。」妻子咕噥著擰開帳篷裡的燈，光芒照亮這個狹小的空間，照射到周宇身上時，妻子不由得被嚇地驚叫起來，「你，你怎麼回事？」

「什麼怎麼回事？」周宇疑惑地問。

「你自己看。」妻子用驚恐的眼神看著他，手不停地發抖。好不容易才掏出化妝鏡。

周宇接過鏡子只看一眼，整個人都呆住了。只見他裸露在外的皮膚上，甚至是臉上，都出現許多紅色的小點，密密麻麻。那些紅點跟下午兒子手臂上的一模一樣，這不禁令他想起石塔倒掉後飛出來的那些怪東西。

「我們快些回去吧，現在就走。」周宇很不安，走出帳篷收拾東西。當晚他們一家就回到了熟悉的城市，溫暖的家裡。

只不過，這一家三口都沒有想到，真正恐怖的事情，才剛剛開始而已。

1

這是個離奇古怪的世界，寄生在世界上的是一群怪異莫名的人。每天，這個世界都會發生許許多多稀奇難解的故事，有的故事讓人絕望，而有的故事，恰恰給人帶來了希望。

正如美國的社會學者布魯范德（J.H.Brunvand）曾經為都市傳說下過定義，他說許多恐怖的故事往往都是從某人口中所謂的「朋友的朋友」開始的。

事實上，如果仔細一想，確實是如此。

朋友的朋友說某個地鐵月台前的存放櫃會帶來厄運；朋友的朋友說如果不關好門就會有空隙女鑽進來割斷你的脖子；朋友給了你一封信，說是朋友的朋友給他的，如果你不在一個禮拜內將同樣的信件轉寄出去十份，就會死掉。

總之，人們在傳播某種對自己有利、對別人不利，甚至根本就損人不利己的事情時，開端的藉口往往是從「我的朋友的朋友」嘴裡聽來、身上知道的。

很有趣的是，這件事的起因，也是從朋友的朋友那裡聽來的。

我叫夜不語，是一個無良作家。跟我的名字一樣古怪的地方，恐怕就要數我的經歷了吧。自己很喜歡奇怪的事件，只要聽說哪個地方發生了難以解釋的詭異狀況，必定會如同聞到腥臭的蒼蠅般追過去調查。

三天前，那位朋友的朋友打了通電話給我，說他家鄉最近發生了一些可怕的事。他不知道該怎麼辦。其實事情並沒有想像中那麼複雜，我聽完後，覺得更像是一種傳染病。感染源姑且不論，但是感染過程倒有些難以理解。首先被感染者身上會出現紅色的小點，接著便頭痛發燒。就連醫院也找不出癥結究竟在哪裡。

本來不是太感興趣，但當那位朋友將大量照片打包寄到我的信箱後，自己隨即改變了主意。總覺得這所謂的傳染病透著一股古怪，令自己有些在意。

當晚，我就搭上飛機前往那個叫做積水市的小城。

積水市位於中國內陸，頗為偏僻，當地沒有機場。據說四面環山，因為山外流入的一條大河在附近積累，形成了一個大湖得名。人口三十來萬，相對封閉，而且奇怪傳染病的範圍還小，所以這件事就算是在本地也沒有傳開。

地球的氣候越來越難以理解了。我下了飛機租車駛往目的地，本來那位朋友留了一個地址給我，但是我去的時候卻怎麼也找不到他。就連聯絡電話也打不通。無奈之餘只好在積水市內閒逛，可這一逛居然碰到了料想不到的意外！

深秋的落葉飄得遍地都是，給人極為蕭索的感覺。我一邊順著河邊的綠道散步，一邊想著下一步該怎麼辦。突然，對面不遠處一個壯碩的男性捂著肚子倒在地上。周圍本來還很正常的行人們紛紛躲避，隔著老遠看熱鬧。

我觀察了一會，小心翼翼地走上前去。那個男子大約三十來歲，躺倒的他整個人不停地發抖。嘴角還冒出黑色的泡沫，散發著噁心的腥臭味。

「打電話叫救護車。」衝附近的人吼了一聲，微微皺了皺眉，我迅速蹲下身檢查他的身體。男子的脈搏紊亂，心臟跳動速度亂七八糟。他拚命想要張開嘴，可是全身的肌肉彷彿都不聽使喚。這種情況自己從來沒遇到過，因此實在不知道該採哪種搶救方式。

男子抽搐得更加厲害了，癲癇似的呻吟著、掙扎著。從他嘴縫中傳來的腥臭味越發的濃烈，近在咫尺的我只能屏住呼吸。心中疑竇叢生，這到底是什麼病？

視線猛地掃過男性因為掙扎而裸露出來的手臂，只看了一眼，我整個都呆住了。思緒停頓，眼睛裡只剩那隻手臂。只見男子的手臂上密密麻麻的長滿了紅色的小點，像被什麼小蟲子咬過似的。就算不是密集恐懼症患者的我，都看得毛骨悚然。

猛地向後退了幾步，我的臉色煞白，心裡完全清楚自己遇到了什麼。從症狀上看，不正跟那位朋友提過的傳染病一模一樣嗎？還好自己沒有過多觸摸那位患者的身體。

附近圍觀的人越來越多，裡三層外三層地將倒下的男子圍得水泄不通。大多數人都對別人的不幸指指點點、幸災樂禍。就在這時，患病男子痛苦地尖叫起來，他在地上使勁地打滾，彷彿想要將身上的什麼東西甩掉。

離他最近的我頭皮發麻地又看到了一件可怕的事。患者皮膚下似乎有什麼東西在亂竄，從這邊游到那邊，從手腕游到了指尖，甚至就連脖子下也聚集起了一些線狀物。那些玩意兒如有生命一般，看得我背脊一陣惡寒。

還沒等自己反應過來，男子的皮膚已經潰爛、甚至被皮下的活物咬出了千瘡百孔。一陣尖銳的振翅聲在耳畔響起，根本不需要猶豫，對未知事物充滿戒心的我拔腿就往人群裡逃。驚叫聲從四面八方傳來，是圍觀市民的驚訝。我遠遠地向後望了一眼，患病男子看來已經變成了一具殘破不堪的屍體。他身上不論皮膚、皮下肌肉還是包裹著身體的衣服都已經被某種酸性物質腐蝕得慘不忍睹，如同破布似的掛在身上。

可明明身體被損壞得如此嚴重，男子的屍身中卻沒有流出一絲血。

周圍的人也被眼前詭異狀況嚇得不輕，呆愣在原地。一些女性甚至雙腿發軟地癱倒在地上。不知為何，自己心裡卻有一股難以言喻的危機感，總覺得有什麼致命的東西在附近徘徊。我從來都很相信自己的直覺，一邊在人群裡抬頭向四周張望，一邊暗暗遠離這處令我不舒服的地方。

耳朵努力捕捉著特別的聲音，只是周圍雜訊實在太多，我沒辦法辨識每種噪音的出處。就在這時，眼角餘光猛地看到了天空上似乎有群黑色的蟲子在亂竄。

蟲子？在深秋的積水市，蚊蟲基本上都已經絕跡，哪來的蟲子？我眉頭皺得更緊了，快速向遠處躲避。視線裡，那群振翅的蚊蟲飛進了人群中，然後便再也沒有出來過。圍觀人群並沒有發現異狀，只是大驚小叫，直到救護車和警車到來。

我什麼話都沒有說，腦子很亂。眼看著男子的屍體被抬上救護車，人群逐漸散去。但我的腦子卻更亂了。如果說那個患者確實是得了朋友嘴裡提過的傳染病，那麼為什麼會死得那麼快？他的身體究竟是被什麼咬得破破爛爛，就算是在我的眼皮子底下，自己也沒有觀察清楚。難道是跟那群黑色飛蟲有關？

如果蟲子真和感染源有關聯，那麼飛進了人群後，那些圍觀者會不會被傳染？疑惑一個接著一個跳入腦海，我無從回答，也沒有閒逛的打算，我到市中心找了家旅店入住，全身無力地倒在床上發呆。視線飄向窗外，夕陽已經西下了，火紅的餘光將遠處的街道染得亂七八糟。火燒雲遍布天際邊緣，似乎在預示著某種災難的降臨。

我喝了些熱水後，開始不斷撥打那位邀我來積水市的朋友的聯絡電話。始終沒人接聽，沒想到，卻在自己快要放棄時，一個陌生的號碼卻打了過來。

我愣了愣，接通。

「喂，夜不語先生嗎？我是張甯的妹妹張穆雨。哥哥留了一個電話號碼給我，要我今天打給您。」

陌生的女聲，聲音帶著膽怯，但後一句話卻讓我一整天累積的不滿全都煙消雲散了。

「很抱歉現在才聯絡您。今天我忙著處理喪事，因為哥哥，昨晚死了。」

2

周宇自從那次露營回來後，身體就一直不舒服。本以為是心理原因，但等了好幾天身上的紅點不但沒有收斂，甚至還變多了。妻子要他請假去醫院，他去了，但是醫生檢查後也沒有發現什麼特別的地方，只開了一些抗生素給他擦。

值得欣慰的是兒子身上的紅點倒是消失得一個不剩。周宇最近總覺得肚子裡有什麼東西在不停蠕動，彷彿有許多蟲子將自己的身體當作了游泳池。放心不下的他最近又去做了一次超音波，還是什麼異常也沒發現。

他這才放心不少，一邊在皮膚上擦藥膏，有事沒事還跟妻子討論下一次露營去個人多的地方。就這麼又過了幾天，早晨起床，妻子被他的模樣嚇了一跳。

只見本來還集中在手臂和脖子上的紅點，居然已經蔓延到了臉部。密密麻麻的彷彿被蟲子咬過，甚至有些地方變得凹凸不平。周宇又害怕了，他覺得自己的病情在加重。

醫生對他皮膚的變化也很吃驚，幫他抽了血，又做了細菌培養，準備仔細看看是否有病變因素。

「怪可怕的。」晚上，妻子吃飯時看了他的臉一眼，忍不住移開了視線。兒子沒心沒肺地嬉笑著，用小手指戳了戳他的皮膚，問：「爸爸，痛不痛？」

「不痛。」周宇抱起兒子狠狠親了一口。他的皮膚不但不痛，這幾天甚至有些麻木，似乎感覺神經也不怎麼靈敏了。

「別傳染給兒子了。」妻子瞪了他一眼，將兒子搶下來問：「醫生怎麼說。」

「也就是些陳年老調，檢查不出問題，要我掛皮膚科。連續換了幾個醫生，那些傢伙都說看診了幾十年，還是第一次遇到我這種情況，怪得很。」周宇有些無奈。

「兒子身體比你好，你看你，紅疙瘩越發越多。」妻子也很無奈。

兒子看著爸爸，得意地大叫：「抵抗力！抵抗力！」

「臭小子！」周宇作勢要打他，兒子連忙蹦蹦跳跳地逃掉了。

吃完晚飯在客廳裡看了一會電視，妻子走進臥室的浴室洗澡。聽到一陣陣「嘩啦啦」的水流聲傳來，周宇突然覺得這股聲音帶著某種難以抗拒的魔力，耳中妻子沖水的聲音被無限放大。聽得周宇嘴乾舌燥，全身都有一股難以壓抑的躁動。那種感覺令他很陌生也很害怕，可偏偏沒辦法阻止。

滿腦子充滿了低等生物交配的本能，周宇輕輕推開浴室門走了進去。妻子驚訝地問：「你進來幹嘛？」

他一聲不哼地走過去抱住了赤裸而又濕潤的妻子，死死地抱著。妻子掙扎了一會，終於放棄抵抗。整間浴室都響著曖昧的聲音。

周宇彷彿虛脫了似的躺在床上，他腦袋一片空白，心裡的躁動卻絲毫沒有減弱。他來到廚房倒了滿滿一杯水喝下去，乾渴感稍微紓解了一些。於是他不停地倒水喝水，直到整整一台飲水機的水被他喝完，他才停住。

妻子被他的怪異行為嚇住了。

「要不，明天你再去看看醫生。總覺得你不正常！」妻子小心翼翼地建議。

周宇撓了撓頭，「知道了，先等細胞培養的結果出來後再說。」

「可是我怕……」

「怕什麼，我這個人命大，死不了。」他的心癢得厲害，心臟跳動速度毫無規律的時快時慢。心情不由得煩躁起來，扯過被子罩在身上，「睡吧。」

妻子嘆了口氣，躺在了他身旁。

一整晚，周宇都睡不踏實。他老是聽到耳邊有昆蟲振翅的聲音，但是開燈在房間裡找，卻什麼東西也找不到。但是只要他半夢半醒，振翅聲就一定會響起。他實在受不了了，跑到浴室去沖了個冷水澡。

擦乾身體，卻聽見兒子的房間也傳來了奇怪的聲響。周宇躡手躡腳地走過去，用耳朵貼在房門上仔細聽，兒子似乎在說夢話。不斷重複著「蟲子」什麼的詞彙。周宇打開門摸了摸兒子的頭，將他踢掉的被子蓋好，這才搖頭離開。

時間開始緩緩流動，如同一杯沒有味道的水。周宇感覺自己的人生越來越難熬了，身上未知的病在惡化，就連醫生也不得不承認這一點。紅色小點蔓延到了所有皮膚上，就連腳底板和腋窩也沒有逃過。現在他已經完全不敢再出門了。不要說去公司，就算只要一離開家，別人都會對他指指點點，像是躲瘟神般離他遠遠的。

他的脾氣也變得越來越暴躁。不安和驚慌的情緒蔓延在家中，感染了每一個人。妻子的精神最近也有些恍惚，她有時候會莫名其妙的頭暈噁心，肚子也稍微脹大了一些。

「我可能懷孕了。」一天晚上，妻子突然這麼說。

周宇皺眉，「怎麼可能，我們一直都有避孕。」

「可那天在浴室裡沒有避孕，可能就是那次。」妻子猜測道。

「驗孕了嗎？」

「還沒，但八九不離十了。說起來，這次懷的肯定是多胞胎，你看才沒幾天，肚子都已經鼓了起來。」妻子很有些愁眉不展。

「算了，懷了就生下來吧。」周宇沒太在意，他一寸一寸地仔細在皮膚上擦藥膏，雖然完全沒用，但他還能怎麼做？什麼都不幹的話，他大概會瘋掉。現在的他，就連照鏡子的勇氣也失去了。

妻子沒有說話。家中怪異的氣氛感染得兒子也沉默寡言起來，安靜地吃完飯，一家三口各幹各的，早早上床睡覺。

就在那晚，從那條堆滿石塔的河岸露營回家的第十三天。凌晨，妻子突然痛醒過來，她使勁地拽著周宇的手。周宇打開燈，被妻子的臉嚇壞了。只見妻子滿臉慘白，冷汗像是自來水般往外流。她的表情扭曲，打濕的頭髮死死貼在臉頰上，額頭居然因為超高的體溫而散發出白色的水蒸氣。

周宇輕輕摸了摸妻子的額頭，燙得可怕。

「妳忍忍，我馬上打電話叫救護車。」他全身都在發抖，用顫抖的手撥了幾次才撥號成功。救護車很快就到了，周宇跟去醫院，嘴裡不斷喃喃說：「怎麼回事？怎麼回事？」

醫院對他的妻子做了檢查，卻沒有找到病因。但是妻子的病情嚴重惡化，體溫居然超過了四十五度。這簡直是難以置信，在場所有醫生都清楚，如果持續發燒，哪怕溫度只有三十九度，都會致死。更不要說發燒到四十五度了。沒人遇到過這種情況。

「我妻子說她懷孕了。」周宇抓著醫生說。

「先去照個超音波吧。」醫生請護士將他的妻子推到超音波室，在她的子宮位置，確實發現了異樣。妻子的子宮裡有一團奇怪的東西，但絕對不是人類的早期胚胎或絨毛物質。

「你的妻子沒有懷孕。」醫生對周宇說，「但我懷疑她得了某種病變性子宮肌瘤，必須馬上做手術切除。」

「怎麼可能，我老婆的身體一直都很好。」周宇不敢相信。

「身體好的人一旦生病，會比身體不好常常生病的人病情更重。」醫生拿出手術單要他簽字。

本以為這只是一次簡單的手術，但在場所有人都沒想到，等他們劃開子宮時，究竟會看到什麼恐怖的東西。

恐懼在積累，只等那輕輕的一刀，就會以料想不到的方式迅速蔓延開。

3

張甯確實是寫信向我求助的朋友，他給我的那些被傳染者的照片很令人感興趣。我這個人還算博學，什麼都知道一些，雖然談不上精，但對各領域的東西也算知曉一二。就我瞭解，從有記載以來所有的傳染病特徵，沒有一個案例跟那些照片上的狀況相同。

更讓我意外的是，張甯居然毫無徵兆地死了。前不久還活蹦亂跳地用激動的語氣跟自己說話，現在卻冰冷地躺在棺材裡，這種感覺差異真的令人非常不舒服。

第二天一早張穆雨就趕到了我入住的旅店。早晨八點半，我從房間下來，一眼就認出了她。這個女孩大約二十歲左右，還在本地讀大二，高挑清秀，緊繃的牛仔褲將她纖細的腿部線條勾勒得很美。女孩的臉上有一絲愁容，或許是累了一整晚，眼皮下還隱隱掛著黑眼圈。

「你好，我就是夜不語。」我坐到她對面。

「啊，您好，夜不語先生。」她跟我握了握手，臉上劃過一絲驚訝。

「沒想到我那麼年輕吧？」我聳了聳肩膀。

「確實沒想到，聽哥哥提到您，我還以為是個小老頭呢。結果您看起來比我大不

了多少。」張穆雨想要笑，但怎麼樣也沒辦法將顏面神經刺激到足以露出笑容的程度。

我撓了撓頭，「關於妳哥哥的死，我很遺憾。」

「沒什麼，他的工作很危險，我早就有心理準備了。」女孩眼睛裡含著淚，努力沒哭出來。張甯雖然是朋友的朋友，但我來的時候還是稍微調查過他。這傢伙掛在一家報社下邊，寫一些奇怪的花邊新聞、幹著非常危險的工作。可以說他為了找到新奇的題材，絕對能不要命。

「能問問他是怎麼死的嗎？」我躊躇了一會兒才問。

女孩搖頭，「具體情況我也不知道。昨天一早哥哥回到家裡，就衝我大吼大叫，要我快滾，不要再回來了。我被嚇了一跳，正莫名其妙的時候已經被哥哥推出門了。他將自己牢牢地鎖在家中。等我中午找來鎖匠把門打開時，哥哥已經沒氣了。」

「警方怎麼說？」我又問。

「他們什麼都沒有說。」張穆雨突然氣憤起來，「那些員警搜了哥哥的房間，但不讓我把屍體領回來。要不是想起哥哥幾天前曾吩咐過我，如果他有什麼不測，就打電話給您的話，我死的心都有了。」

我皺了皺眉。張甯的死透著古怪。員警之所以不讓領屍體，肯定是因為他的屍體有問題。既然他正在調查傳染病的線索，那麼他的死亡原因，八成也跟這條線有很密切的關係。

「去妳家看看吧。」我拍了拍女孩的肩膀。

「嗯。」張穆雨點頭，坐上了我租來的車。她家離這裡並不遠，就在積水市的東區，很普通的老公寓，兩房一廳。看得出主人很有心，許多小家具都布置得頗為精緻，但也偏向女性化。

「父母在我們十五歲時就因車禍去世了，只剩我和哥哥相依為命。家裡都是我在打理，哥哥是個邋遢鬼，一有工作就經常不回家。」見我在打量自己的家，張穆雨主動解釋起來。

「辛苦妳了。」我由衷地感嘆。

女孩苦笑地搖搖頭，「不辛苦。可惜哥哥死得莫名其妙，夜不語先生，求您一定要把哥哥的死因查清楚。」

「嗯，我會盡力的。」我用曖昧模糊的詞語答覆了她。世上有許多東西，說清楚了，反而更痛苦。

張甯的房間跟客廳的布置完全不搭調，亂到就連對擺設也不講究的我都汗顏。許多資料文件層層疊疊的無序擺放在櫃子和書桌上，床對面的整面牆壁都貼滿了各式各樣的照片。警方已經徹底檢查過這房間，因此我並沒有找到任何有用的資訊。

正準備離開時，視線突然瞟到了一張照片。那張照片貼在所有照片的最上層，時間顯示為十一月十六日。照片不大，照的是一片不窄的大河，河岸上密密麻麻的布滿用鵝卵石堆砌起來的石塔。

我將照片拿了下來仔細打量，不知為何，自己對這張照片非常在意。

「這是什麼？」張穆雨看了一眼，好奇地問。

我解釋道：「在河邊用鵝卵石堆砌石塔對每個民族和宗教都有不同的意義。例如日本，就曾提及夭折的小孩會在三途川沿岸用鵝卵石堆砌石塔，每次要成功的時候便有惡鬼衝出來將石塔踢倒，用以懲罰他們死亡後帶給父母的痛苦。

「而中國也有許多關於河邊石塔的傳說。不過大多都是為了祭祀或者紀念。但妳哥哥這張照片上的石塔，有些奇怪。」我辨識了一會兒，卻更加疑惑了。

「奇怪在哪？」張穆雨撇撇嘴，「不過是很普通的石塔而已，堆的手法也普通，像是小孩子的惡作劇。」

我笑起來，「有什麼惡作劇能有如此多的數量，這些石塔多到數都數不清。而且有一些明顯都有幾百年歷史了。應該是當地人的一種風俗。不過最讓我覺得奇怪的是，這種風俗我居然聞所未聞。」

女孩眨巴著眼睛，突然問：「您的意思是，這些石塔跟哥哥的死有關？」

「妳從哪裡聽出來的？」我有些驚訝，這女孩的直覺可真靈敏。

張穆雨搖頭，「猜的。」

「別亂猜了。妳知道這些石塔是在什麼地方拍的嗎？」我問。

「不知道。關於工作的事，哥哥從來不會跟我提。」女孩神情低落下來。

「算了，慢慢查總會查到些東西。」我將照片揣進了口袋裡，「現在當務之急，還是先想辦法將妳哥哥的屍體從警察局弄出來，讓妳幫他好好辦個葬禮，入土為安。」

「真的？」張穆雨頓時抬起頭。

「嗯，看我的吧。」我說完這番話便準備離開。心裡沉甸甸的，總覺得掩蓋在陽光下的積水市無比陰霾，彷彿有大事會發生一般。那石塔的殘象彷彿印在自己的視網膜上，久久難以散去。

張甯究竟為什麼會猝死？那些石塔究竟是什麼東西，有什麼用途？還有，警局恐怕已經注意到城裡滋生的怪異傳染病，只不過為了避免民眾恐慌而隱瞞著。

紙包不住火，事情總有一天會暴露出來。

看來，對所謂傳染病的調查，應該更進一步了。

人活了多少年，就會積攢多少社會關係。隨著成長，社會關係也跟著根深蒂固。於是本人也有了許多很有能量的朋友。透過那些朋友，自己能拿到一些就算特殊管道也很難得到的東西。例如昨天死在我跟前的那個壯碩男性究竟是誰，以及張甯的驗屍報告。

看完發到電子信箱中的兩份報告，我久久難以平靜。本來不想將張穆雨牽涉進事件中，可這看似柔弱，卻比我想像中更堅強的女孩怎麼趕都趕不走。我只好讓她留下來。

第一份報告有些詭異。昨天遇到的那個人叫做周宇，不但死在我眼皮子底下的模樣有些可怕，就連他最近發生的事也令人覺得驚悚。

這個周宇表面上死於失血過多，可早在他失血前就已經因為大範圍的內部創傷而丟了命。很有趣的是，張甯最後採訪的人，正是他。

「妳哥哥的死，或許跟他有關。」我指著周宇的照片說。

張穆雨賴在我的房間裡，頭湊過來看照片，「哥哥臨死前出門過幾天，那之前確實有聽說想要採訪一個人，還滿臉興奮地說找到了大新聞，說不定能得獎。他是誰？」

「這人叫周宇，很巧的是，我昨天還遇到過，就死在我跟前。或許是冥冥中註定了要讓我攙和進這件事中。」我苦笑了一陣，「這傢伙本來有個普通的家庭，賢慧的妻子，活潑的三歲兒子。但是他最近的經歷可不簡單，他能活到昨天，實在是奇蹟。」

「怎麼說？」女孩疑惑地問。

「先說說他的妻子吧。」我翻了下 PDA 檔案，「十幾天前，周宇的妻子死在積水市第一人民醫院中。死因非常奇怪。周宇本人聲稱妻子懷孕了，可是值班醫生進行手術，劃開了他妻子的子宮後，居然發現了讓人頭皮發麻的東西。」

「什麼東西？」張穆雨好奇起來。

「很噁心的東西。」我點開圖片，一張十分寫真的醫用照片顯示出來。女孩剛看了一眼，險些將午餐全吐乾淨。

只見照片上清楚地拍攝到被劃開的子宮，裡邊充滿了光看就覺得會散發惡臭味的黑色液體。液體裡明顯有無數細長的東西。

「噁。這些是什麼？」張穆雨使勁捂住自己的嘴，撇過頭再也不敢看。

「這些東西有個學名叫做孑孓，庫蚊亞科種類。生活在水中，髒水是牠們最佳的生活地。許多偏僻的、沒有人理的破缸中也有不少。有些地方也俗稱為大腦殼蟲、跟頭蟲。是蚊子的幼蟲形態。」我解釋道。

「可這些東西明明生活在髒水裡，怎麼會跑進了那個女人的子宮中？」張穆雨一副難以置信的模樣。

「既然是跑進了子宮，那肯定是經由陰道傳播進去的。」我臉不紅心不跳地說出這番話，聽得身邊的女孩十分尷尬。

「據資料上說，周宇曾提及和妻子有過一次沒有避孕的性行為。孑孓的卵應該就是那次進入了他妻子的子宮。」

「可是——」女孩增大了聲音，「可是蚊子幼蟲怎麼可能在人類的身體裡孵化而且生長？」

「這就是最令我疑惑的地方。普通的孑孓當然不可能，但如果蚊子因為某種原因產生了變異呢？」我用手指有規律地敲著桌面，「周宇肯定在某個地點第一個被傳染，變異蚊子已經在他的身體裡產了卵。他又透過性交將卵送入了妻子的體內，造就了第二個傳染者。

「再來說說他兒子吧。妻子死後，周宇的兒子也開始不正常。就在三天前，在幼稚園裡有個男同學為了搶玩具，兩人爭吵起來。男同學狠狠搧了周宇兒子一巴掌。根據幼稚園的老師講，那一巴掌也沒用太大的力氣。可恐怖的事情發生了，就是那三歲小孩子的一巴掌，居然將周宇兒子的頭給搧了下來。法醫驗屍後才發現，兒子脖子上的肉早已被某種蟲子啃食得乾乾淨淨，只剩下一些脆弱的神經和骨頭以及表皮。他還活著，簡直是科學無法解釋的事。

「最後是昨天，周宇也死了。這個原本應該幸福普通的三口之家，不到二十天的時間死得乾乾淨淨。」我看了張穆雨一眼，「所以這件事怎麼看都有些超出科學能夠解釋的範疇，我覺得妳還是離遠一些好。說不定會沒命！」

張穆雨對我的勸解充耳不聞，顧左右而言他道：「那些殺了周宇一家的怪蚊子究竟是些什麼玩意兒？」

「不知道。資料上沒寫，想來警方也沒調查出結果來。」我暗自嘆了口氣，這女孩還真不是一般的倔，「據妳哥哥蠱惑我來的信件上提到，他從十幾天前就在調查積水市的神秘傳染病事件。我透過關係網查了一下，他採訪過的人，也就是感染者，全都是醫院裡的醫生、護士和病人。而那些人，要麼參與過周宇妻子的手術、要麼就是住在離停屍間不遠的病房。發病狀態也大致相同，先是像被蟲子咬了似的全身長紅點，然後猝死、全身血液消失。死亡率百分之百，至今找不到解決辦法。」

張穆雨有些害怕了，「您的意思是，周宇其實是感染源？」

「沒錯。最初的感染源正是他，妳哥哥大概也發覺了這點。所以才跑去調查他，或許還得到了很重要的第一手資料。」

「可現在周宇已經死了。那些怪蚊子還會繼續傳播下去嗎？」女孩問。

「這個我也無法確定。或許會、或許不會。我不知道那些怪蚊子為什麼會變異，但如果這種生物災難會繼續傳播的話，會比妳想像的更恐怖。很多東西都不是一加一等於二那麼簡單，而是以幾何數字增長。說不定用不了多長時間就會蔓延開，變成毀滅人類的罪魁禍首。」我頓了頓，笑得更苦澀了。

「那咱們該怎麼辦？」張穆雨縮了縮脖子，她感覺全身都不舒服。明明沒有被感染，卻彷彿有千百隻蟲子在自己身體裡咬來咬去似的難受。

「當然是查這裡究竟是什麼地方！」我掏出石塔的照片，緩緩道：「總覺得這片石塔林立的河岸透著種詭異。說不定這地方就是關鍵。蚊子的變異、甚至周宇的感染也都跟它有關。」

「你為什麼能那麼確定？」女孩詫異地問。

「經驗。」我伸手摸了摸她的頭，張穆雨的頭髮很柔軟，像是絲綢般舒服，「別看本人年齡不大，但是神秘、奇怪、超自然的事情遇到過不少。這個世界很大、很奇妙，也十分的不可思議。所以，歡迎來到我的世界。」

5

要確定一個人最近幾天甚至十幾天的行蹤和精確軌跡究竟有多難？如果放在以前肯定難到不可想像。但科技日益進步的現在，倒並非不能實現的事情。因為手機都配備了GPS。

我讓張穆雨以親屬的關係到警察局要回了張甯的手機，警方沒有拒絕。大概也是因為在張甯的屍體上一籌莫展吧。奇怪傳染病果然沒有因為周宇的死而停歇下去，甚至以倍增的速度在增加受害者。就連敏感程度一向都不靈敏的本地報紙也開始報導事件在以最糟糕的方式發展。

張甯的驗屍報告結果我一直都避重就輕的沒將一切都告訴張穆雨。因為真相的確會令她難受。法醫檢查後，判斷張甯死於自殺。他吃了大量的三唑侖，這種鎮靜劑沒有任何味道，藥效迅速，比普通安眠藥強四十五到一百倍。口服後能迅速使人昏迷，可溶於水及各種飲料中，也可以伴隨酒精類共同服用。大量服用後，致死率比安眠藥更高、更快速，沒有任何痛苦。

或許張甯早就知道自己必死無疑，為了不連累自己的妹妹，不想遺害世界，所以才透過某些特殊管道搞來三唑侖自殺。他成功了，三唑侖不但殺了他，也殺死了他體內蠢蠢欲動的孑孓。

我找了高人從張甯手機上弄出GPS的紀錄，不負所望，GPS果然留有他最近去過的地方。大多數的時間他都沒有離開積水市。只有五天前，也就是跟我聯絡的前夜，去了積水市郊外的一個小鎮，GPS路徑顯示他曾經在那裡停留。而那個停留地點，剛巧有一條偏僻的、不窄的河。

來到積水市的第四天，我準備好必需品，朝那個位置開去。而張穆雨理所當然地坐在了副駕駛的位子。對這個小妮子，自己是真的沒辦法。

那條河位於積水市郊外三十七公里處，積水市由於地處內地深山，發展得並不好。所以連帶它郊外的小鎮也偏僻落後到無人問津。小鎮裡人不多，年輕人全都外出打工了。我掏出石塔的照片找了幾個老人家問了問，他們基本上說不出個所以然來。雖然確實知道這些石塔的存在，但從祖上流傳下的戒律就明文警告過，要本地鎮民少去河岸，免得引來災難。

石塔的來源，我也問到了一些。據說從前附近有三個小鎮，每當有新的人口降臨，父母就會帶著孩子去河邊撿鵝卵石堆砌一座石塔。這個習俗至少延續了上千年。千年來積累的石塔密密麻麻，無法計數。

「如果有人將石塔推倒了，會發生什麼事？」張穆雨突然好奇地問。

老人紛紛滿臉驚悚，大吼道：「這怎麼行，那是會帶來災禍的。大災禍！」

我撓了撓頭。當地人對石塔明顯有種恐懼感，那些石塔究竟隱藏著什麼秘密？千年的風俗能夠延續到現在，肯定不會是空穴來風。或許，夾雜在石塔中的真相比自己想像的更加驚人。

正當我們準備離開鎮上時，有幾個老人搧了搧手中的扇子。我皺眉，深秋了，附近的天氣明顯轉涼，為什麼每個村民都拿著扇子，這實在有些古怪。

我停下腳步，好奇地問：「老人家，你們人手一把扇子，不會現在還覺得熱吧？」

「哪會熱。」老人紛紛嘀咕著，「最近的天候太反常了，原本往年一到秋天蚊蟲就跑得無影無蹤。可這幾天蚊子不知為什麼又飛出來了，滿鎮子的到處亂竄。一不用扇子搧牠們，這些死東西就亂咬，睡覺都讓人不踏實。我們很多人都把剛收起來的蚊帳翻出來掛上了。」

我和張穆雨對視一眼，同時從對方眼中看出了驚恐的神色。蚊子？反常的蚊子？難道跟那種生物傳染病有關？被鎮上的蚊子咬一口會發生什麼事，光是想想都覺得恐怖。

「回車上去。」我當機立斷地拉著她的手就逃往車中，從行李廂裡翻了些衣物出來，丟了一部分給張穆雨，剩下地全往身上套，「穿厚一點，盡量不要露出任何皮膚。戴墨鏡和口罩，將腦袋捂嚴實。」

我一邊吩咐，一邊將車門和車窗關牢，又仔細地檢查了車內。確定沒有蚊蟲後，這才開車向鎮外的河岸駛去。

順著那條簡陋而且狹窄的土路，汽車顛簸艱難地往前挪動。好不容易才來到土路的盡頭，我停下車，確定兩人的裝備足以抵禦蚊子叮咬後，這才示意張穆雨跟著自己下車。

剛開啟大門，一股陰冷的風就吹拂了過來。深秋的天氣，總是給人陰惻惻的錯覺，彷彿全世界都籠罩在毀滅當中似的蕭索無比。路邊的雜草像是失去了生命力般有氣無力地在風中搖擺，蘆葦一片枯黃。我掃視了四周幾眼，不過是普通的河岸風景而已。但自己不知為何卻心裡發悸，總覺得河岸的厚厚土壤下埋藏著某種神秘的洪荒猛獸，正一眨不眨地窺視著我們。

或許，不過是因為自己的緊張而滋生的錯覺罷了。

我搖搖頭，想要將不安甩掉。

一旁的張穆雨很害怕，死死拽著我的衣角不放手。

小心翼翼地走過荒草地，終於來到了河岸邊。頓時，比照片上更有衝擊力的一幕展露在視網膜上。無數的石塔，雖然低矮，但卻給人高高聳立的感覺。那股視覺差讓我非常不適應。

小石塔明明就在城市附近，卻一直不為人所知，這很不可思議。現代人總是很無聊，隨便一座深山廟宇都會有無數驢友爭先恐後地跑去遊玩。石塔的存在卻被深深隱藏，無人所知。這可能跟一直以來附近人的封閉與緘默有關。

張穆雨看著石塔，啞口無言了許久。我也震驚地沉默著，直到看到腳邊不遠處倒掉的三座石塔。

「妳剛才為什麼會問當地人，如果將石塔推倒後會怎樣？」我看了一眼石塔，問身旁的女孩。

張穆雨愣了愣，回答道：「那時候突然記起哥哥臨死前，似乎說過將石塔什麼的弄倒了。」

「這樣啊。」我摸著下巴，低頭仔細觀察那些石塔。

「我們現在怎麼辦？」女孩輕輕咬住嘴唇。

「不知道。」我的視線沒有移動，「要不，弄倒一些石塔看看會發生什麼。」

「啊！」張穆雨聽完我的話，頓時驚呆了。

沒等她反應過來，我判斷衣服的厚度，一腳將附近的石塔踢倒。女孩尖叫了幾聲，使勁地用手抱住頭，看她的模樣完全以為會發生天崩地裂的事情。

可我們等了一會，卻什麼也沒有發生。倒下的石塔中也沒有跑出任何東西，預期落空讓我們愣了許久。

「怎麼什麼事也沒有？」女孩反應不過來。

我又將石塔弄倒了幾座，依舊沒看出任何異常。

「奇怪。」用力皺緊眉頭，我一籌莫展，「回城裡吧。我聯絡一個挖掘隊，往下挖開看看。」

無奈地嘆了口氣，自己帶著張穆雨離開了。

深秋的風颳個不停，蚊子刺耳的振翅聲，仍舊在小鎮上，甚至在整個積水市響個不停。隨著寒冷的氣候湧過，一夜之間，吵吵鬧鬧煩人的蚊子全都消失殆盡，再也找不出一隻。

只剩下一頭霧水的我，跟同樣迷惑不解的張穆雨。

尾聲

我在積水市足足待了一個月，從深秋到初冬。那可怕的傳染病像是突然間消失了，隨著已經被感染者的死亡，不再有新的傳染者。蚊子也消失了，還給積水市一片寧靜的冬天。

聯絡到的挖掘隊在那片堆砌滿石塔的河灘挖了許久，河岸中的沙石足足被挖開了三十公尺。可是卻一無所獲。石塔下彷彿除了普通的沙石，還是普通的沙石。最終自己無奈地停止了挖掘工作，畢竟再挖下去，大概也得不到答案。

怪蚊事件很古怪。它帶來的傳染病來得快，去得更快，令我完全摸不著頭腦。

我想來想去，終究只有一個猜測。河岸下肯定埋藏著某種未知的東西，那股神秘力量在數千年前就已經被河邊小鎮上的居民察覺，而石塔，就是當地先人以某種原理設計出來，鎮壓那股力量的。可如同能量潮汐一般，無論如何鎮壓，總有潮漲潮落的時候。周宇露營的那天，正好是神秘能量最旺盛的時期，他不小心推倒了石塔，也無意間將災難洩露了一部分出來。

張甯的死，大概也是類似的情況。被破壞的石塔讓神秘能量一直洩露，張甯去了，又破壞了一座石塔，於是也付出了死亡的代價。而我跟張穆雨去河灘的時間，可能是神秘能量退潮時。能量退去後，變異的怪蚊也失去了傳播能力。災難在無形當中消失乾淨。

當然，這也僅僅只是我的猜測而已。最近費力查了許多民族關於河邊石塔的風俗以及宗教習慣，總覺得自己的解釋有些牽強。

離開前，張穆雨想要跟我走，被我毫不猶豫地拒絕了。自己的生活充滿了危險，實在不適合有女孩跟著。這個漂亮文靜的女孩十分倔強，她含著淚，看著我開車離去。臉上的表情讓我的心情非常複雜。

誰也沒想到，當我再次聽到積水市的消息時，是五年後。國內所有大型報紙都報導了關於它的資訊。

「積水市以及周邊地區發生了未知瘟疫，波及範圍極廣。至今瘟疫來源未知，死亡率百分之百……」

這也是我最後一次聽到積水市的消息。至於張穆雨，我再也沒見過她。直到那時自己才驚覺，對於石塔秘密的猜測，我是大錯特錯。不過，那又是另外一個故事了。

The End

夜不語作品 **32**

夜不語詭秘檔案111：味道

國家圖書館出版品預行編目資料

夜不語詭秘檔案111：味道／夜不語 著.
一初版. 一 臺北市：春天出版國際，2019.11
面； 公分. 一（夜不語作品；32）
ISBN 978-957-741-241-6（平裝）
857.7 108017005

ISBN 978-957-741-241-6
Printed in Taiwan

作者	夜不語
封面繪圖	Kanariya
總編輯	莊宜勳
責任編輯	黃郁潔
美術設計	三石設計

出版者	春天出版國際文化有限公司
地址	台北市信義區信義路四段458號3樓
電話	02-7718-0898
傳真	02-7718-2388
E-mail	story@bookspring.com.tw
網址	http://www.bookspring.com.tw
部落格	http://blog.pixnet.net/bookspring
郵政帳號	19705538
戶名	春天出版國際文化有限公司
法律顧問	蕭顯忠律師事務所
出版日期	二〇一九年十一月初版
定價	170元

總經銷	楨德圖書事業有限公司
地址	新北市新店區寶興路45巷6弄6號5樓
電話	02-8919-3186
傳真	02-8914-5524